# 逝去的故乡桃花

张杰 著

中国当代名家 精品 必读散文

一个时代的底色和本质到底是什么？

纯粹个性精神的存在，

对于一个非精神时代到底意味着什么？

知识出版社

**图书在版编目（CIP）数据**

逝去的故乡桃花/张杰著. —北京：知识出版社，
2016.3

（中国当代名家精品必读散文）

ISBN 978 - 7 - 5015 - 8986 - 9

Ⅰ.①逝…　Ⅱ.①张…　Ⅲ.①散文集—中国—当代
Ⅳ.①I267

中国版本图书馆 CIP 数据核字（2016）第 040827 号

总　策　划　张海君　李　文
执行策划　马　强
责任编辑　梁嬫曦　马　跃
封面设计　君阅书装

知识出版社出版发行
地　　址　北京市西城区阜成门北大街 17 号
邮政编码　100037
电　　话　010 - 88390732
网　　址　http://www.ecph.com.cn
印　刷　厂　河北锐文印刷有限公司
开　　本　1/16
印　　张　12
字　　数　180 千
印　　次　2016 年 3 月第 1 版　2018 年 11 月第 2 次印刷

ISBN 978 - 7 - 5015 - 8986 - 9　定价：28.00 元
本书如有印装质量问题，可与出版社联系调换。

# 逝去的故乡桃花（序）

## 王开岭

张杰是个不合时宜的人，无论在他黄河岸边的老家，还是在他后来流浪的城市。张杰是个以梦为马的人——一匹童话里的木马，或类似堂吉诃德的坐骑那样。他爱上的东西太多，由此衍生了无数的责任、意义、承诺、荣誉感和使命感，使得他生命的行李过重。同时，他爱的东西太特殊，在传说中和史书上都太显赫、太有尊严和光环，这增加了他的生存幻觉。

其实，这些常人眼里的"荒诞"，都是纯粹艺术家的典型特征。换一个时空，比如 19 世纪的俄罗斯庄园，或者文艺复兴和启蒙时代的欧洲沙龙，甚或 20 世纪 80 年代理想主义的中国，张杰会如鱼得水、如燕穿梭。

张杰写过一篇《植物》，我觉得作为他的自画像是很合适的。

我至今清晰记得一种类似高粱的高秆作物，它们被种植在密密而低矮的大豆或爬行植物中间，看上去更像是一种田野守护者。而这是一些几乎没有任何食用价值的作物，成熟后，只能被脱去籽粒绑做刷锅用的炊具或扫帚。最后支撑籽实的一节秸秆可用棉绳串起来，织成一种铺在锅中间蒸馒头叫作箅子的炊具……其他部分只能被当作优

逝去的故乡桃花

shiqu de guxiang taohua

秀的柴火，因火焰威猛持久而备受乡村欢迎……它们高傲地站在那些低矮的爬行植物中，是田间最后的胜利者和唯一靠尊严活着的族群。我在词典里没有找到它们的名字。

这种英雄主义式的悲情，是张杰胸腔里的手风琴发出的。我见过他描述的这种植物，红色的籽粒，美艳惊人却泛着苦难的光泽，高高瘦瘦的身杆，很像堂吉诃德。整体上说，那是一种气质孤独、濒临绝迹的植物。农民不仅不种了，甚至还用农药来对付它。因为它太不实用。

我一直想，若张杰不痴爱文学，或爱上却不献身，会怎样？会过着一种怎样的生活？

其实，我很希望他开一家唱片店或乐器行，小小的、不赔不赚的那种，在一条隐蔽的巷子里，很静、很深，门口或屋后有棵大树，树上有鸟。这样，我会在懒洋洋的午后或傍晚去找他，听他新刻的唱片，听他语焉不详地嘟囔什么……我想，我该是步行或蹬辆破自行车去。

这个城不能太大，不能大到让朋友在街上永无撞怀的可能，不能大到让人轻易地失踪或杳无音信。这个城应有这样的特征：空气柔软，人群、光影、风缓慢移动，不焦灼、不激烈，且慷慨大度，能接纳大量游手好闲和胡思乱想的人，尤其像张杰这样羞涩而简单的人。不应太刁难他们，不应给其出太多的难题。

可惜，心愿落空了。中国没有这样的城了。这样的城太文弱，禁不住铲车轻轻一推，经不起人们发财梦想的起哄和抗议。同时，张杰也退不回他鲁西南的故乡了——那个如今已光秃秃的村庄。在那里，池塘被埋、树林被伐，到处是寻找人民币的刀光剑影。没有诗歌，更没有音乐，只有贫寒、茫然、牢骚、被剥削的愤怒、唉声叹气和自相残杀，他会显得更加突兀、刺眼。在那里，他只会更加哀愁、忧郁，他会像老人一样，只能听见自己的咳嗽，整日盯着影子发呆。

他只能不停地走，鄄城、济南、广州……

相隔大约 10 年后，我们在北京见了面。

这个城市一点儿也不支持他的活法。像做错事的小学生，他羞愧地把音乐和诗歌装进了书包，双手捂住，然后按报社的吩咐，拿着笔和采访本天天跑，跑得他都说不清自己在哪里。

每当他开始为生计奔波，汗流浃背、焦头烂额的时候，我总有一种印象：时代在非法使用"童工"。

张杰有两个贵族般的嗜好：音乐和诗歌。在我看来，他的音乐天赋高于诗歌。从耳朵到神经到心灵，他的音乐感官都是一流的。我有个酷爱古典音乐的朋友，她本人已有很多音乐家知音，但和张杰仅仅聊了一会儿，即惊讶他的音乐体验，后来又迷上他自制的 CD。她说，张杰制作的 CD 水平远超过几百元一张的市场货。

一个从玉米地逃出来的人，竟然对唱片和器材有这么深的领悟和心得。这不是天才是什么？这不是流亡贵族的基因吗？

音乐对他有多重要？他居然敢给儿子起名叫巴赫！张巴赫！

让我想想，我是怎么认识张巴赫之父的呢？

文学。是文学制造的偶然。多年前，我在山东，一位我们共同敬重的作家朋友带他去我的城市。饭桌上，他掏出一个小包，装着从黄河岸边的老家带来的油炸"爬蝉"，这是我至今怀念的美味。然后就是彻夜长谈，那时的夜真长啊，能聊无数的东西、无限的远方、无数的人、无穷的时代……那时候，文学是心灵爱好者之间的密码，犹如精神通行证，有了它，彼此交往上可省略很多东西。我们就这样省略了很多东西，直接成了朋友，那种即使多年未遇也不觉得遥远的朋友。

我一直觉得，像张杰这样容易迷路的人，不该居住在大城市，甚至不该是城市。他应该住在一个温柔的小地方。可如今的中国，连村庄都消灭了温柔，都被粗野和狂热所占领，他该去哪儿呢？

他属于"小"，即经济学家舒马赫赞美的那种"小即美"的小。他是一个热爱细微的人，一个内心有明珠、不宜暴晒、需要幽闭的人，像蚌，像萤虫。可这样的物种越来越少，供之躲藏的河塘和草丛都"蒸发"了。

他只有上岸，向"大"屈服，在"大"里寻找角落和洞穴。

精神上，张杰有三个身份：音乐狂、作家或诗人、基督徒。这三个身份都和信仰有关，都被他提升到了和生命等值的层面。通常，一个人有其一就够受的了，即足以和人群拉开距离，显得孤单和怪异。他居然有仨，真让人羡慕又同情。这意味着，他要同时听从这三个领域的召唤和指令，既享受他们，又要服侍他们，遵循他们的原则和尺度，听从他们的吩咐和调遣……

这注定了他活得不轻松。他的心路全是幽径、丛林和峡谷，虽然美，但障碍多，体力消耗大。

我最羡慕的是他的第一个身份。第二个身份，我本人兼有，所以不怎么看重。但第二个身份害了我，因为张杰要出书了，张杰嘱咐我为他的书写点什么。我就想，我要是不会写东西就好了。我已好久不写东西了，尤其序或评之类，我压根儿不会写。

但这是必须的，是来自友情的指令。

这本书里，我最爱读的是他的乡村纪事，尤其和他儿子有关的事。读的时候，我总想笑，又总想哭，总忍不住念出声来。

　　刚出村时张巴赫猛然问了一个把我吓了一跳的问题，他问："老奶奶现在到哪里去了？"原来，每次回家都要带他去看奶奶……张巴赫在家里没有问一句关于老奶奶的问题，却忽然在出村时把疑问说了出来。我仓促回答说："老奶奶现在在地里。"张巴赫说老奶奶为什么到地里了。我说："因为老奶奶死了就要埋到地里去。"张巴赫说老奶奶还会活过来吗。我说："不会了。"张巴赫问埋在哪个地里了。我说："埋在村西边的地里了。"晚上，张巴赫弹完琴吃饭前又跑到我这里来问："埋老奶奶挖了一个很大的坑是吧？"我说："是的，挖了这么大一个大坑。"我把两条胳膊张开在空中划出一个巨大的区域。张巴赫好像得到一个满意的答案一样去吃饭了。从张巴赫表情我感到，他觉得这样的空间一定足够老奶奶用的了。（《衰退的本能》）

　这样温柔地诉说生活，这样平静地对待命运的分量和泥土的沉重，这样美好而无知的孩子……我感到震撼和心疼，父子身上有一股远离这个时代的善良和才华。

　许多许多作家都写不出这样的话了。

　张杰还能，儿子在帮他。

　　回到小县城里找一个地方吃饭，把自己灌醉，然后下午去看城西那些尚未盛开的桃花——它们正在那个小村周围含苞待放。它们的美丽甚至与小村和观看的人们无关而直指其经济价值，我不知道这是不是一种观赏者所要面对的尴尬。那个下午，张巴赫和我的收获是捡拾了一些剪枝人剪在地下的花枝，回去插在水里，第二天

居然开了很多。(《黄河咫尺桃花》)

我感动于父子的情趣，大白天别人都在劳作，他们竟然把自己打扮成知音的模样，醉醺醺、赤裸裸地去拜访桃花，竟然认为花朵比果实重要。这就是诗人，他给了儿子一个春天的仪式，他露骨地好色，不怕被村庄里的人嘲笑。

我一直觉得，好的叙事风格，无论小说还是散文，都应是自由、流畅、松弛的，犹如野外散步，没有路，即遍地是路了。张杰有许多篇什都做到了这一点，当他不对写作本身提要求的时候，他写得最好。

> 在村里，人的地位似乎与所分到的土地的位置相对应。小时候家里总是分到一些离村里最远的地块，这除了意味着多费很多劲之外，还意味着受歧视——最差的地块总是等着那些运气最差的人。
>
> ……在那块地里，我还曾经见过几十斤重的一株地瓜。它被视为村里的奇迹和荣耀。那株地瓜的果实被密密排在那块土地中间，等待村里人和大队里的人来参观和赞赏。我还记得在这之前，村里人曾在那块地里采了嫩地瓜叶和茎和面蒸了吃。(《不停变换位置的土地》)

简明、高效、举重若轻，充满童年的纯真和阳光气息，充满宗教的忧郁和正直。在张杰作品中，我最喜爱的即这类无意中包含诗意的写实和纪事。

我甚至隐约觉得，若有足够耐心和不被干扰的环境，张杰或许能写出像契诃夫那样的东西。读《鄄城和黄河之间的村庄》系列时，我就想起了契诃夫的《草原》，它们有相似的气息。

> 桑庄是处于鄄城和黄河之间的一个村庄。我想象不

逝去的故乡桃花
shiqu de guxiang taohua

到自己会和这样一个村庄有任何联系，但这种联系的确存在着。比如，20 年前春日里一个晴朗星期天的上午，我骑自行车到黄河岸边去。刚出鄄城还未到城北的梁堂镇，一个看上去 70 多岁的老太太朝我招手，说要搭我的自行车，她说她家就在桑庄。这是我第一次听到桑庄这个村子。

……我仿佛触到了那一片片肥厚的桑叶及其纹路清晰的叶脉，它们在默认里被一阵阵蚕食的声音所吞没。村庄曾在这种沙沙声中幸福如雨，即使最大的鼾声也无法穿透厚厚的层层的墨黑树叶……

而且我知道，痛苦来自被我们卖掉的树木和村庄。

痛苦来自被卖掉的树木和村庄。

其实，这也是张杰退不回去的原因。他只能以逃离的方式亲近故乡，以背叛的姿态热爱村庄，热爱他记忆中的黄河和桃花。

村里一共有四个池塘，转眼间，四个池塘枯了三个，村后、村西和村前的三个先后干涸，村后的那个上面盖了房子。现在，村前的池塘里面每年会种上小麦、大豆或者花生，已经和一般田地没有区别了。村西的那个池塘像伤疤一样空着，它分属两家，因为地界不清闹纠纷便一直在那里闲着。唯一一个有水的村东池塘显得如此狭小，很难想象村里人整天泡在里面的往昔岁月，曾经十几头老水牛在里面表演钻水游戏。池塘们好像说好了一样，一起干枯或走向干枯。（《这片池塘还剩下什么》）

干枯。像说好了一样，事物一起走向干枯。

黄河枯了。乡村枯了。城市，早已枯了。

张杰在干枯的洼地里晃动，像个失业的青蛙。

他依旧在唱、在鸣，那或许叫音乐，叫诗歌，也或许叫哭声。

先写到这吧。

望张杰好运。望张巴赫能记住那个春天的桃花，健康快乐地成长，同时能渐渐遗忘自己名字的伟大。

2010 年 7 月 6 日　北京

# 大地告别

1908 年的生命之秋对马勒来说显得如此漫长——

马勒，这个习惯于在山林间穿行，从大自然中汲取营养，"像农人收割回来，坐在案前将素材整理成形"的自由灵魂，在创作 8 部交响曲之后，因为病痛缠身不能与咫尺之间的大自然亲近，心情自然变得异常糟糕。他最后只好选择把心灵放进诗歌艺术的甘泉里，让自己焦灼的灵魂慢慢地沉静下来。大地渐渐一片寂静，灵魂开始歌唱——一部贝特格翻译的东方神秘诗歌集——《中国之笛》，与他正在承受暮秋之痛的心灵契合了。那个秋天因此对他显得异乎寻常。一部几乎蕴涵宇宙浩瀚和生命奥秘的大地交响曲，最逼近灵魂本质的生命交响——《大地之歌》如此自然而不可思议地诞生了——似乎从生命高处铺天盖地地喷薄而来，对此世的温暖充满无限依恋，对生命和此世"参透"刻骨铭心的精神之爱，一曲生命绝唱上升到人生境界的顶峰，让整个世界仿佛沐浴在神、人合一的阳光之中——那是他对天国的向往抑或对此世的依恋？对于生命、宇宙、时间、此世、彼世、大地万物的理解和表达，把马勒"交响曲必须像这个世界，它必须无所不包"的作曲理念表现得淋漓尽致，使交响曲本身融万物为一体，天人合一、炉火纯青，像一道从人类的浩渺寒冷夜空划过的伤口。

## 逝去的故乡桃花
### shiqu de guxiang taohua

　　秋天是从绿透的葱茏翡翠般的夏季世界开始的。第一缕还属简略的秋日，照到尚属夏季季候的肥厚植物叶片上——它们对秋日的来临或许浑然无知，秋天便开始了。然后，空气、阳光，整个世界慢慢地褪去夏日的颜色，披上了秋日的衣裳。

　　叶片们开始从生命的第一个斑点渐渐扩大蔓延至全身，和每个生命体一样演绎重复着生命缓慢或迅速的衰竭规律和过程——这些大地的眼睛和透气孔，正从视界和呼吸里不情愿地释放和结束一个季节，像诗人捆上诗札或拿起锋利的收获镰刀。收获的季节来临了，这预示着大地上一场盛大而隆重的另一个季节——冬季的准备工作要开始了——收获、贮存、修缮、加固等，一道道工序有条不紊、无分巨细地在大地上铺展开来，一切都是为了迎接冬天割痛肌肤的北风。此前，夏季将万物充分展露和推陈出新的过程显得如此繁复。大地上的生命运动因此而达到高潮和顶点，大地与工业文明造成的节奏和运行规律如此大相径庭，四季的运行却是如此协调和相辅相成而处处呈现出文明的色彩来，仿佛工业文明造成的累累伤痕等待季节的复原一样。秋天将这一切慢慢收敛。

　　季节所表现出的节制和秩序即使大师也望尘莫及，魔法师也许是它最适合的称谓。季节的旺极而衰，便是从生命旺盛始至的那一刻开始。其实，这个看似深刻而准确的命题并不准确，旺与衰只是生命的两极或两面的表现，"衰"其实从生命诞生的那一刻便开始了，只不过它尚未对生命构成致命威胁而未引起人们足够重视而已，就像马勒对悲惨的人生没有充分的预料和准备一样。不过，人们尚明白"旺极"时则千万要警惕这最后时机了——这样看来，"旺极而衰"便似乎具有一种东方哲学狭隘的功利色彩了，它似乎告诉人们，生命开始时的"衰"可以忽略，而在旺极时如果及时认真对待，一切尚来得及。夏季最"顶峰"时，秋天就要在几乎不为人所知的旺极时刻到来了。它按照自己的规律来临，并不遵循除超自然力外的一切意志。

如此轰轰烈烈的一切在整个世界的茫然无知中进行，如同死神降临一样。从生命诞生那一刻起它便一直紧紧伴随，等候在某个出其不意的路口或最不经意的时刻让生命遽然终止。人们在悲痛与叹息中依旧茫然无知，生命最初哪怕最微小的一处暗色斑纹也可能是死神伟大事业大厦的秘密藏身之地，只是人们对它毫无察觉也没有能力觉察罢了——季节有着同样让人感到无奈的节奏和不可改变的进程。

能够洞悉这种生命规律是一件让人多么可望不可即的事情，上帝将这种能力交给了马勒。更不可思议的是，让他利用交响曲这种音乐形式，在人类苦难的风暴眼中，对人类"忠告"或"告密"，以致人类借此可以无限接近上帝的秘密和此世的诸种规律。在某种意义上，这样说也许并不过分：他已经是能够来往于此世与彼世、人类与上帝之间的"使者"了。在整个世界对这一生命秘密和规律毫无知觉时，他似乎已经彻悟了一切。这便是马勒，大地、生命和时光秘密的知情者和告密者——但是那么无奈和有限。当人们沉浸在世事沧桑的忙碌时，他已经预告终结与开端，以及天堂、地狱与死亡、魔鬼的悲怆或欢喜的消息。这一切均是苦难与厄运使然，注定这又是一个以焚毁自身来为世界预警的生命悲剧，他以自己的痛苦自救并警示那些可能获救的人。

上帝赋予他这种类似未卜先知的本领其实并非无条件获得，他付出了巨大的代价——他几乎成了一个一生与死亡相伴的人。有一段时间，比如写作这首生命交响时，如他所说"和死神朝夕相处"，深悟死亡、人生之意义，深悉人生之有限、神意之伟大。

第四交响曲开头的一串奇妙、缥缈而迷人的清脆铃声，仿佛从天而降的仙乐，其实即使这首一向被称为最快乐和无忧无虑的曲子，除了其旋律容易入耳，长度适中外，一点儿都不无忧无虑，死亡依然像影子一样跟随他——死亡主题一度成为他澎湃激情的生命隐忍副歌，缥缈的铃声中藏着死神鬼魅一般的黑色身影，让人不时产生一种浑身透凉的惊颤，如深夜噩梦惊醒的汗流浃背。但其中所蕴含的对此世人间之爱的人性温暖和生命激情及无奈，于《大地之歌》达到了极致。那种不食人间烟火的人间之爱和将要辞世的人生之痛使人无法不为之所动。这种足可摧毁人间最冷酷和坚固的心的力量，亦足以掀起另一个世界爱和痛的风暴，这是否是那些故去的亲人接近他的唯一精神通道？

少年，人生最明亮的天真烂漫期，本应像牧歌一样甜美而纯粹，死神却离他如此之近，似乎时刻在他生命之侧——他一次次听到死神的呼吸声，触到它冰冷的手和唇，14兄妹中的9个先后一一舍他而去；14岁时，从小感情最好、比他小一岁的弟弟恩斯特在他温暖的怀中渐渐变得冰冷——自恩斯特被死神夺走后，马勒仅有的童年美好回忆随之烟消云散，晴空变得阴霾密布、危机四伏。中年，除却失去双亲的悲痛，他最疼爱、倾注他最多心血和希望、他一直认为比自己更具音乐天赋的弟弟奥托自杀身亡，使他的一切人生之梦毁于一旦。暮年——辞世前4年，他最疼爱的天使一样美丽的女儿玛丽亚·安娜，因染猩红热和白喉在与病魔搏斗近两个星期后心衰力竭，4岁夭亡，他只能眼睁睁地看着女儿呻吟、挣扎而无计可施、欲哭无泪。女儿的夭亡几乎带走了他人世间的一切，心力交瘁时，当时无法医治的亚急性细菌性心内膜炎却向他亮出严重警告，死神又一次、也是最后一次向他伸出了凶狠的魔爪。然而，上帝的眷顾使他创作出如此富有激情和对生命、尘世充满至爱的乐章——接二连三的打击让他更加知晓生命的意义，抑或上帝之爱让他懂得自己经历的一切意味着什么。

此前，死亡压得他几乎无法喘息。排满各个演出季的指挥日程使他精神窒息，欧洲以及世界间马不停蹄的演出行程让他无法写一个音符，这是他一生的最大苦闷和熬煎。然而，这样一个生前以指挥乐队著称于世，在死神的阴影和繁忙的节奏中没有忘记向上帝索取时间写出为时人所不以为然作品的人，于演出季之间的假期竟然还忘情于山水与作曲之间，如同于灾难的船头打捞财物。11 部交响曲（第十未完成）和大量艺术歌曲渐渐于水中面目清晰，像出水的月亮和花朵一样一支支纤尘未染而极尽人间精华和光彩，而且有着几乎不可思议的生命能量。他以极端"暴君"指挥家著名的一生，在指挥领域可以说风光无限，但作为作曲家生前可以说命运一片暗淡，临死那片有着热爱音乐和艺术传统的土地——奥地利——仍不肯对他的作品予以肯定，那种类似神赐的超前思维要半个世纪后才能得到理解和尊重。20 世纪 50 年代后，那些蒙尘已久的曲子却仿佛一下放射出灼人光彩，世界之门忽然对它们洞开，进而着迷而狂热，像光一样不可阻挡。大小音乐会专场和唱片专辑轮番争相上演，令人目不暇接，并且其曲目一度成为音乐家、指挥家、乐队的试金石，这是上帝对于这个时时处于苦难中的灵魂的另一种形式的额外关爱和补偿，还是对人类整体理解力和欣赏力的考验和检测？抑或这是所有艺术和思想先驱所必须的命运？

一次次生离死别，让他深知人生的珍贵、在世的温暖，在对天国充满恐惧和向往的同时，他更多地对此世充满缱绻、留恋和热爱。一次次死亡的沉重打击，使他成为一个懂得爱和绝望的人。他要把这种爱和绝望的声音撒遍宇宙，让所有听到它的人们于寒冷里感受带着体温的温暖。马勒，这个在死亡的阴影笼罩下写歌的灵魂，在一生写下的 11 部交响作品中，《大地之歌》几乎是这些歌的顶峰——第九交响曲几乎是《大地之歌》生命能量喷发后的沮丧、绝望和筋疲力尽的挽歌一般生命体验的描述，第十交响曲的慢板乐章是对尘世的超然和对天国的欣然盼望，可惜他未能完整表达，显然他失去了对天国最起码的想象力。已经够了，对照苦难，人们可以知道些许来自天堂的消息。然而他却那样坦露心胸地爱着他一刻也不愿离开而又给他带来无数灾难的大地，这首告别大地之歌的最末乐章如此漫长——占足整个交响曲的一半——为避讳贝多芬之后的数字"九"之后音乐家的悲剧，他把这首本应列为第九交响曲的《大地之歌》单列出来，足见他对大地与生命像夏阳一样真挚炽烈的热爱和对死亡的本能恐惧。

此时，他又一次如此清晰切近地感知和描述着死神的面孔——死神在夺去亲人的生命之后开始向他步步紧逼了。这个被厚密的世俗迷雾视为凡俗的人，除了像平常人同样无能为力外，能做到的就是把死神渐渐前进的脚步记录下来，哪怕一点儿细微的动静都不遗漏，像一个岁月标本的采集者，《大地之歌》成了他此世的一部内容翔实的灵魂写实记录手册。当合上它时，里面尚散发着大地的青草和树木的芳香，山林和江河雾气的潮湿，以及他留下的尚未被踏乱淹没的新鲜脚印，像灵魂一样流连着令人永远眷恋的大地——天国降临时告别如此漫长。像具有特殊嗅觉的猫头鹰一样，这个能够预知死亡的人深知自己已至生命尽头将与此世人生告别，他似乎要诉尽眷恋和祝福，双手抚摸每个音符，像洒下神示一般的爱之甘泉，天幕徐徐降下。

像几颗鹅黄嫩芽渐渐葱茏成大地绿色一样，《大地之歌》由最初选取的几首中国唐诗译作的谱曲、管弦化，最后发展演变成一部生命绝章。在秋天漫天的萧瑟落叶中想起春日满眼的生机勃勃，人生聚散，潮起潮落，历经丧失亲人之痛和无数荣耀之欢的马勒，已深知生命最珍贵的一切，这时与神秘的东方中国诗人不期然相遇，于是借助译诗喷薄而出："悲来乎，悲来乎。主人有酒且莫斟，听我一曲悲来吟。（李白《悲歌行》）"

第一乐章"咏人世悲愁的饮酒歌"，这首由李白《悲歌行》勃发的生命诗情之慨演绎、生发的首乐章，以如此惊世骇俗和撼动世界的面目出现，使整个世界像在狂风中抖动迷走的落叶。马勒诗一般的生命呼啸仿佛从天而降结实地砸下来，钢铁一般，句句铿锵有声，挥洒出生命的最强音符和坚实节奏，气吞山河与人世，威猛而刚烈，缱绻而悠长，婉转而悲怆。东方诗人的才情与西方音乐家的哲思汇成一股不分彼此的潜流。在弦乐群编织的仿佛易碎织体、打击乐器的猝不及防与人声的苍凉悲壮控制下，一种整体的倾斜感与眩晕感在生命深情叙述与抒情氛围中，浓得无法化开的人生之慨徘徊于人生之境，像满目的层林叠嶂，或一杯人生甘苦美酒，更像一只在丛林中寻找美丽的柔弱蝴蝶，它的梦如此之美，却如此易碎凄绝，如眼下的生命之秋。然而，随定音鼓最后强力一击，这一切猝然结束，像夭折的生命一样促憾而不容分说。"时候到了"，无论如何都要在令人扼腕叹息的夕阳里走完残生。一种参透人生、借酒浇愁的苍凉令人悲从中起，荡气回肠，撼人心魄，良久惊魂未定，在这绝望悲世之音里销魂，不禁有一种慨然泪下的冲动——人生竟要如此落幕?!

> "悲来乎，悲来乎，主人有酒且莫斟，听我一曲悲
> 来吟。悲来不吟还不笑，天下无人知我心。君有数斗

酒，我有三尺琴。琴鸣酒乐两相得，一杯不啻千钧金。"

"悲来乎，悲来乎，天虽长，地虽久，金玉满堂应不守。富贵百年能几何，死生一度人皆有。孤猿坐啼坟上月，且须一尽杯中酒。悲来乎，悲来乎，凤鸟不至河无图，微子去之箕子奴。汉帝不忆李将军，楚王放却屈大夫。悲来乎，悲来乎，秦家李斯早追悔，虚名拨向身之外。范子何曾爱五湖，功成名遂身自退。剑是一夫用，书能知姓名，惠施不肯千万乘，卜式未必穷一经。还须黑头取方伯，莫谩白首为儒生。"（李白《悲歌行》）

第二乐章"秋日的孤独者"，马勒在手稿上注明"有关慢条斯理和厌倦"。

词作者长时间无法考证，后来据法译本确认为钱起《效古秋夜长》。一阵萧瑟秋风吹过，尘土伴着落叶飞扬，让人不禁一阵寒噤，人生之秋的悲凉，随着凄婉柔弱的女声徐徐升起，仿佛人生的一切荣耀和喧嚣转眼便成了过眼烟云："秋汉飞玉霜，北风扫荷香。含情纺织孤灯尽，拭泪相思寒漏长。檐前碧云净如水，月吊栖鸟啼鸣起。谁家少妇事鸳机，锦幕云屏深掩扉。白玉窗中闻落叶，应怜寒女独无依。"处于人生之秋的马勒此时仿佛漫漫长夜尽头的等待者与整个世界对峙，像一位中国古典诗词中的"怨妇"盼望着寒夜散尽黎明到来。不知此时马勒是否想起他刚刚辞世不久的爱女，抑或像中国古代文人一样十年寒窗苦，只待"明君"识，而自比为"明君"的忠贞怨妇？若此，他的期盼也只是终极的造物主——上帝，决非此世、现实中诸如君王般的林林总总，他已超越具象世界直接万物终极。马勒的心灵述说此时已远远超过这首诗词所能承载的信息量和重量，仿佛一声声对生命本

逝去的故乡桃花
shiqu de guxiang taohua

质的追问和参悟，浩渺的宇宙与造物的天堂此时也仿佛是生命与本质的，如同深秋夜空中闪烁着微光的宝石一般的孤独群星。一个中国古代"怨妇"形象竟能凝塞如此巨大的生命信息和内涵，而又如此近在咫尺，垂手相触，将千年时光转瞬拉至眼前，如同一个魔法师。马勒的生命之气熔化了生命冰冷的岩石，生命质量本身仿佛开始递增与升华为陨石或其他物质的属性，情感放射出镭等放射元素的力量，其"杀伤力"岂为一般人所能抵挡？此时，周遭一片空无，只有超宇宙的、天问一般的叙述和浩瀚寒星的浩渺太空——一颗孤独的心灵能盛下多少人生的孤单、寒冷、爱和温暖？马勒——一个于秋日夜空独自徘徊的形象可使千古多少名士风流黯然失色。纵情伤感处，哀叹凄婉绝伦，未语先泣，生命沉静如同人间的"死人清醒者"。除了艺术他一生对其他一切几乎无欲无求，难怪人生之秋的绝望和幻灭，已构成几亿光年的喟叹和同样凄寒广袤的宇宙喟思。如沙卷的弦乐、孤独的圆号、悠长的单簧管和压低嗓音的长笛，冰冷地围绕着寒冷而温暖、悲怆的人间，那个深秋之夜的身影将要永远离去……往日繁华皆如大梦，如今已是梦醒时分，依依别梦寒。

　　第三乐章《咏少年》。这本是整部交响曲中最为春天、温暖、欢乐的乐章。但它却如此短促，似乎来不及唱完最后一句欢乐的人生歌词，品味一下只有体温对峙的苍寒人生。在马勒看来，人生最大的快乐在于某个闲暇之隙，邀三五知己，畅游清新的人生之野、之林，歇息在人生之亭，望水中倒影，饮酒吟诗，即使无关紧要的题目也能聊上半天或争得面红耳赤。多么丰裕充足的少年时光啊，然而它一去不复返，此后终生要在没有时间写作的忙碌中度过，人生快乐的回忆转眼成了倚栏凭吊，往日繁华欢乐瞬间成空。这就是人们以此为乐、恍若梦中的在场人生？人生的聊

以自慰而已。紧密的欢快节奏反成了催促，如同死神的锣鼓暗呼。铜管闪烁的点点金光仿佛沙漠水滴般温暖。人生的锣鼓与钟鸣如此亲切如在眼前而又如在天边，虚空而遥不可及。然而，确又曾如此真切存在着，从自己身体与灵魂之上如流水一般慢慢流过，却不留下任何痕迹——即使那声音亲切如昨，历历在目，却无法抓住哪怕一丝游魂。这里，依然不能忽视的是这欢乐背后死亡影子一般的闪烁与虚无，而且更寒冷、神秘和深不可测。欢乐的人生与理性冰冷的死神之间形成的对比与反差令人不寒而栗——马勒也许借此告诫世人这镜中花、水中月般的欢乐乃真正的人生。然而，《瓷亭》——这首据说为法国女诗人在编选中国古代诗词时的仿制之作，被谱曲后，竟成了马勒交响曲中最为温暖难得的诗章，它让人们看到马勒最为人性、温暖、可爱的一面。

后来，人们依照译诗写成格律诗：小亭卓立水池中，白瓦琉璃四壁青。虎背弓桥浮绿镜，诗朋歌笑乐融融。倒影平湖景色迷，月桥银瓦小亭奇。翩翩彩袖清歌发，饮酒哦诗未觉疲。（周笃文、洪允息：《一个久远的疑案》）。其中况味倒也颇值得玩味，借以揣摩大师暮秋情怀——不管有多凄凉，毕竟欢乐过，或许这最值得留恋——而悲伤却是无法绕开的幽灵鬼魅，如趴在秋阳枝头的一树凄切寒蝉，独自吟唱。

第四乐章《咏美女》，更加凄切的美女孤单形象。美好的光阴仿佛尚未开始便已结束，唯有那留下的些许微弱温暖光亮，成为终生的精神食粮和灵魂期待。没有信誓旦旦，没有生死相约，借一个曾经美好而短暂得似乎没有发生过的梦一般的记忆碎片活过一生。像风一般掠过，不留任何痕迹；像水面的波纹，随风而逝。然而，这却可意味着一切，而值得终生牢牢抓住不放，像死死抓住一根救命的稻草。那到底是什么决定着人生青春之美好？难道是使心灵平静湖水瞬息闪电一般颤动的一个眼神或动作？抑或更加不可捕捉的游丝一般的心灵印痕？

灵魂的虚无主义源自曾经的温暖和希冀。荷叶间人生偶尔的温暖话语，却足使人记忆并饲喂一生。像垂杨一般映在水中的风流少年，随着紫骝马般的时光嘶鸣转瞬而去的身影，单单这些已足使一位荷叶一般清丽的少女度过魂牵梦绕的一生。然而，这何尝不是人生的写实，当一个生命来到这个世界时，曾经抱了怎样的美梦和期盼？一个比荷叶间的笑语还要虚无缥缈、捕风捉影的生命诺言或眼神足使人生死相守。如此，以一个少女的青春无邪、质地无瑕隐喻人生最珍贵时期对一切事物的饮鸩止渴般的美丽好奇与期盼，已足使人心碎震惊不已了。一个曾经满怀人生希望的灵魂，在历经频频丧失亲人、去国怀乡、升迁荣辱、情感破裂等之后，一切都像过眼烟云。一切人生美梦均告破碎的精神流浪者，依然如此留恋热爱着这个世界的垂暮之人，此时，还有什么话可说呢？水面上随风而去的生命波纹依稀，一切转瞬即逝，谁又能告诉他曾经发生过的一切的真实性呢？压低声音的弦乐可以吗？还有嗓音已经有些沙哑的铜管、懂事地在一旁沉默的木管以及它们风沙一般一阵紧似一阵的复杂组合与追问，也许无论如何复杂多变的配器和音色都不足以表达这一切。记忆和往事已经把神经磨旧了，像一把用去淬火部分的锋刃和一团从旧毛线衣上扯下的毛线团的相互纠缠，迟钝而纠结，导致自己被自己绊倒和恶性伤害。在6分钟多一点儿的时间里承载如此丰富的生命信息或许已经达到音乐极限。这个在复杂之中不停地给自己制造难题的人，世人能够理解其千万分之一已属苛求。由此可知，他的声音经过半个世纪才能得到理解和认可已经是命定的了——靠近一

个卓异灵魂是一件难度如此之大的事情。渐渐沉默、安静下来的低音提琴们和竖琴们如是说。

此时,一切均不重要了,唯有对这最安静生命乐章倾诉的聆听。蜻蜓、不知名的鸟儿刚刚停留过的尖尖的荷角尚在游丝般地颤动,唯有少女一般痴望着眼前一切若有所失的眼睛,盛满旺盛荷叶的荷塘一片寂静:

"若耶溪边采莲女,笑隔荷花共人语。日照新妆水底明,风飘香袖空中举。岸上谁家游冶郎,三三五五映垂杨。紫骝嘶入落花去,见此踟蹰空断肠。"(李白《采莲曲》)

第五乐章《春天的醉汉》,欢乐苦短,人生如梦,时光虚掷的心灵之痛。人生仿佛来不及品味便已疾速消失。在旷野、山林间奔跑、大叫、舞蹈,全身心地投入大自然是他一生的嗜好。此时,仿佛进入迷狂抒情境界的马勒再也无法抑制自己,在回忆的春天时光里狂醉呓语,物我两忘。疯狂起来的首先是长笛,其他乐器紧跟着忙乱起来。这个几乎一生都在密不透风的人生节奏中日夜奔忙的人的短暂放纵和忘我,这种充满个性的人性表达,让人心醉心碎的同时,也为他能有哪怕如此短促的放松感到欣慰和温暖,即使在短暂的想象中。艺术家借想象而活,否则便是死的生命和灵魂的僵尸。

4分26秒——他的弟子和终生挚友,世界著名指挥家布鲁诺·瓦尔特先生在他与世长辞6个月后首先赋予该乐章的长度,成了马勒宿命的灵魂永恒休憩时空。恬静、甜蜜和温暖……醉着的人生难道比醒着的人生更可爱、更值得留恋?马勒借此还原到生活中最温暖人性的一面——这可是一颗在别人看来为追求人生之梦自苛到自虐程度，反复无常、神经质和对艺术狂热到近似歇斯底里的灵魂——原来，在生活中他可以作为一个再正常不过的生命来享受天伦之乐。这是先期被剥夺了欢乐权利的人群之个体灵魂。何乐而不为呢，难道又是宿命？只能去问这春日未醒的醉汉一般沉醉的灵魂，趁他还未惊醒，否则，他将为自己这短暂的放纵感到如何强烈的内疚、自责和自伤……

> "处世若大梦，胡为劳其生。所以终日醉，颓然卧前楹。觉来盼庭前，一鸟花间鸣。借问此何时，春风语流莺。感之欲叹息，对酒还自倾。浩歌待明月，曲尽已忘情。"（李白《春日醉起言志》）

木管的颤动、跳跃与倾斜，人声的恍若梦中，调性与速度的不稳定，踉跄的醉汉一般，小提琴时而活泼时而抑郁的对答，鸟鸣与草长莺飞，双簧管始终充当着不光彩的角色，制造一种紧张气氛，让心灵总是不得安宁，总是在安宁中制造恐慌不安。复三部曲，谐谑曲，音型、音阶上行与下行的流动与摇摆，仿佛一切皆欲狂醉不起，几不可支。然而，依然众人皆醉我独醒，或许是这个无法彻底饮醉者的悲哀与宿命！人们或许最愿意看到一个狂饮不止的灵魂，借以解脱与迷醉自己的马勒。然而，这可能吗？一切由那个行将疯狂的心灵在扯天扯地垂落的人生之秋天幕前的疯狂舞蹈为证。这就是马勒，狂野无羁，奔腾不息，以纤细之心对抗岁月粗粝风沙如刀切割的马勒。然而，在回忆的春花与美丽中，这仅仅是回忆而已。生命锣鼓已在远处敲响，转眼便来至眼前——"俱往矣！"、"人生如梦，一尊还酹江月"。即使借酒浇愁日子也所剩无几，永不重现，仿佛静止后的树枝，时光的飞鸟

已离去，留下巢向他枝的时光震颤。

第六乐章《告别》。低音中国锣，仿佛天际丧钟敲响，黑色浮云漫过天空，大地一片暮色苍茫，像一支具有东方特色的送葬队伍于山间、田野由远及近缓缓而行。又是双簧管。平时温暖的圆号也发出古怪变形的声音。大地开始寂静，人间平素鸡犬相闻的生活气息已没有踪影。

千古悲声从孟浩然《宿业师山房待丁大不至》中徐徐而来："夕阳度西岭，群壑倏已暝。松月生夜凉，风泉满清听。樵人归欲尽，烟鸟栖初定。之子期宿来，孤琴候萝径。"唯有一个凄楚的女声在天地间独吟人世曾经的忙碌、沧桑与凄凉。

陪伴它的是比它凄凉百倍的长笛、小提琴、双簧管、大提琴、倍大提琴，像陈年老屋里几件破损残缺的家具和什物吟哦着流逝的时光。蚀透万物的时光沧浪之水忽然变得如此原形毕露、面目狰狞——而此前人们一直认为一切灵魂恐怖乃死神所为，尚不知死神也为时光所驾驭，时刻长伴自己左右，等明白过来已被它扼住咽喉发不出任何声音，唯留下多余的时光嗟叹而已。这就是人间，痛楚的人间被欺骗的虚无之梦。歌声游移无形恍若隔世。葬礼进行曲。葬礼进行曲的节奏缓慢而步步紧逼。时光的沉重脚步向来如此坚定前行。人们毫无觉察，转眼已至人生尽头。大提琴，倍大提琴……女中音如泣如诉，人生漫长的告别章节无可避免而又来得如此真切，如在眼前一般……低沉压抑、阴森可怖——这个乐章篇幅约占整部交响曲的一半，整个乐章可以用两个恰切的词形容：滞重和凝噎。

《马勒》的传记作家爱德华·谢克森如此描写他所听到和理解的终乐章《大地之歌》：

　　这个达于艺术极致表现能力的乐章，可以说是马勒对于死亡是无法逃脱的命运所做的一番思考。在其绵亘无尽的曲韵中，晦暗、孤清、渴慕、悲愁、无奈等情思交织，一切最后复归空寂。送葬进行曲的凝滞气氛是乐章的重心，低音大提琴、低音大号、圆号以及中国锣的寒峻音色仿佛发自无尽深处，就在这盘旋不去的背景低音中，独自游移的独奏木管犹如独行的过客。饱蕴着难以言喻的悲凉沧桑情境，一直延续到情感积蕴达于顶点的终结部。这里马勒以自己加上的诗句，表达他最终对于必须向他所深爱的人世挥别的痛感："大地春来百花放/新绿处处/在那无际的太空/到处放射着蓝色的光芒/永远……永远……"独唱者缥缈迷蒙地在最后的"永远……永远……"一词上幽回往复，以至终不可闻。在弦乐延绵的弱音和弦中，竖琴、钢片琴以及小提琴的清冷音符宛如晶莹圆润的露珠。这结束段超然物外，尽涤尘俗，情韵遥远，仿佛无所始终，乐音与静寂间的分际几不可判。生命的无尽渴慕和应天知命的体悟，至此化归为一体。


　　音色低沉、送葬催魂的中国锣敲响，人生的筵席要散了。还有什么可表达的呢？说人生的忙碌与虚空，还是时光的嗟叹，甚至连这嗟叹也没有意义？人生开头与中途曾经充满的盼望和理想——在通往维也纳音乐学院的学途上是怎样的风雪、在欧洲与世界各地的奔波如何热血沸腾、一场场人生风波如何沸沸扬扬而今如何寂静无声像任何事情都没有发生过一样、艺术家艺术创造之外的枯燥单调生活造成社会关系的紧张和家庭破裂都显得如此无关紧要了、人生的名声利禄生老病死与心灵的伤痛如此暗淡无法让人提起半点精神……可能唯有笔下的旋律与节奏是唯一存在的理由和意义，唯有对人生之秋的吟哦让人遽然惊叹而不得不为之动容、胆战心寒……唯余人世的告别。

此时，一切均已清晰地展现在眼前，人生答案一览无余。告别在所难免，宿营的生命号角已然吹响，死神的催促隐隐传来，它正透过生命的帐篷悄悄等待和窥视。远处，秋天的池塘已经干涸，荷叶一片破败。翠绿茂密的山林垂下夏季生命盎然的头颅。草地开始出现一些衰败杂乱的枯枝败叶并且渐渐聚拢增多。山间的风也渐渐有一种可以吹进骨髓里的寒冷。生命垂暮的马勒只能站在空气依然清新的山坡上伫望——尽头的伫望，他似乎已经站立不稳。那颗不停地为这个旺盛生命力和无限激情的躯体输送养料的心脏，像一架漏风厉害的破旧风箱已无力再为消耗巨大的机体输送生命的氧。致命的疾病已经折磨了他很久，使他很长时间没能到山林间散步遐想，更不用说于其间奔跑、呼啸、大汗淋漓，然后像收获的农人一样回去——整理自己的灵感了。此时他想对贝多芬"九"字的突破也仿佛泡影一般遥不可及……这些也许在20个世纪才存在过，或许压根从来就没有发生过，只是远方或记忆影子的遥望吧。

这个拄杖驻足者的叙述如此沉静、彷徨和回味无穷，像山野里的一株苍劲的中年杉树、一粒沙石、一枚草叶、几声嗟叹和莹莹朝露与苦霜。山野已是他情感的山野，自然已是他灵魂的自然，它们对于他已经是几乎无法分割的告别。死神虽然以亲人的一次次生离死别一再侵扰，但临到自己还是有些慌乱和不知所措。他本能地要在人生的山头遥望一下曾经带给他无数苦难和欢乐的人间，目光如温暖的手一样要抚摸遍似乎带着他体温的万物，欲把人生的一切缺憾填补完美，哪怕枝头一枚不完美的树叶也不想放过。他走在曾无数遍走过的山林和大地上，踉踉跄跄，一步一停，频频回首，仿佛唯恐疏漏和遗失最终留下不完美的一生细节——他不是因为哪怕一个不和谐的音符也不轻易放过整个乐团而以完美主义暴君著称吗？是的，他不会放过的，难怪此时在人生最终的山道上他还在捡拾人生的一个个微瑕和一个个可忽视的人生章节。虽然已明显透出生命的虚弱和无力，但愈如此愈现出其生命力卓异顽强的品质，生命越优秀越具有在危难处紧紧抓住生命目标的能力。

大锣的声音又一次扑簌而下。往事历历在目，感慨如土仆地，像生命的黄叶扑下人生的枝头，生命几乎泣不成声，感叹生命的空虚？灵魂震颤着对前行之路的惊恐，使它不愿也无力前行半步。暮色漫过白昼，灵魂转眼被时光的恶浪淹没，游丝般的灵魂叹息、呻吟、哆嗦着……马勒此时已是一个精神的告别者，在向自己的灵魂做提前而默默的告别，在默默祝福自己的灵魂但愿不像自己的人间生活一样凄苦无边，但愿自己一生的厄运和艰辛能换来应属它的永远宁静和平安。人生的柴门就要掩上，在经历人生的波浪后，这位像农夫一样辛劳和勤奋的完美主义者，这个写出一部部生命与大地之歌的灵魂，也要打扫干净自己人生的庭院，让世间的浮尘不再打扰自己，还自己一片空闲洁净的空间，独自回屋安歇。人生的筵席便真正最终散了，一切重归寂静。

"山中相送罢，日暮掩柴扉。春草年年绿，王孙归不归。"（王维《送别》）

远方群山逶迤，山林寂静无声。生命今夕的凋谢明日又会像满目葱茏的绿草野花一样，浓浓地染遍天涯，仿佛秋天是对这满

眼绿色的最终等待，将它们像一枚橡果一样拾进自己的竹篮。像人生的收获，等待着一个个像王孙一样富贵的时光拥有者一般，挥霍尽自己最后一份光阴疲惫地回到自己永恒的家中——死亡坟墓。此时，双簧管、长笛、单簧管何尝不似招魂的铃声响彻人生尽头，盼望着人生迷途的游子归来。"归去来兮。归去来兮……"大地已沉入死一般的寂静。这时，马勒或许感到他所喜爱和给他带来生命寂静的中国诗歌也不能充分表达自己，终于唱响了自己作词、一咏三叹——不，是一咏七叹的人生终曲：

"大地春来百花放/新绿处处/在那无际的太空/到处放射着蓝色的光芒/永远……永远……"

女中音在"永远"一词上七次重复盘旋，直至无声，像苍老的鹰死亡之前盘旋在不愿离去的天空，蓝天成了最伤痛欲绝之处——曾多少次于此自由翱翔和搏击，此时已是寸断肝肠、哀歌于反复尽头的极弱处消失，一场声势浩大的生命与灵魂的漫长告别就此结束。时光仿佛静止下来，乾坤开始倒转。听乐人听至此处已断肠。

写作《大地之歌》3 年之后，1911 年 5 月 18 日晚 11 时刚过，马勒溘然长逝。马勒仿佛以此提前为自己的灵魂做了祭奠。和贝多芬一样，也是于雷电交加的暴风雨中去世，所不同的是他留在世上的最后一句话是："莫扎特。"或许他最想和莫扎特一起享受着天国的欢乐吧。洒向沙漠的生命激情、鲜血转眼干涸、空耗得可贵可叹。虚无。一切都是虚无。虚无的虚无。生命的永恒追问。彻骨的冰冷与醒悟几乎让人无法自持，曾经满怀的希望与豪情只是满眼横飞的黄叶与狂沙吗？

马勒生前没有能够等到这部最靠近生命本质作品的首演，直至去世半年后才由他的学生、好友布鲁诺·瓦尔特先生在慕尼黑首演以告慰老师在天之灵——布鲁诺·瓦尔特先生也未能看到自己的老师被世界理解，它今天这样为世界所热衷怕他连做梦也不敢想象，但就是这位马勒对他有知遇之恩的布鲁诺·瓦尔特先生一生致力于马勒作品的演绎和推介。1952年，他率维也纳爱乐乐团与此时已患绝症、几乎和马勒同样将不久人世的女中音歌唱家费丽亚尔合作，留下了哀婉绝人、光辉四射、悲怆慑人、极其珍贵的千古绝唱。

其时马勒的作品依然为那个冰冷的尘世所冷默，随着他的辞世，更加销声匿迹。一直到20世纪60年代依然相当罕见于演出曲目，与今天频繁出现在各大演出场次的火爆场面和各种马勒热形成强烈对比。这张在马勒作品未被任何尘世浮夸之气沾染前的唱片，因更加接近本质的马勒而显得愈益珍贵。聆听这张唱片，仿佛透过半个世纪前的布鲁诺·瓦尔特的中转而看到一个世纪前马勒灵魂的精髓之处。写这篇文字时特地选择这张更靠近艺术家灵魂的绝世录音作为"蓝本"，既靠近马勒，又靠近作为学生的布鲁诺·瓦尔特，还能如此切近地体验有着卓绝歌唱家之称的费丽亚尔如此契合的遗世之嘱，以及聆赏作为世界最伟大交响乐团——维也纳爱乐乐团的稀世演录之一的经典之音。

值得一提的是，在其中一次演出中，费丽亚尔触景生情，因过于激动，实在无法控制自己而失声，随后她向指挥和乐队全体为自己这种"不职业"而道歉。瓦尔特先生说：亲爱的费丽亚尔，如果我们都像你那样职业的话，我们都会泣不成声的。费丽亚尔最后唱到《告别》时，同马勒一样已深知自己是最后一次演唱"可爱的大地吐露绿芽"。翌年，身患绝症的她离开了人世。

曲终音散，压抑得令人无法喘息。这个一生被人间各种苦难折磨的灵魂，这个人间苦难声音的集大成者，为何没有在生命尽头的冥界门槛遥望一下天国的美丽光芒？人间的苦难难道已经让他丧失向往美好的本能？否则不会如此孤独无助。或许他的眼里只有大地和笼罩它的苍茫宇宙。此时，秋高气爽，大地一片辽阔，仿佛有更重要的事情等待他去做。一直凝视着人类并给人类以大爱的大地，从天边一直绵延到生命和灵魂的尽头——而等候在尽头的是上帝永远怜悯的眼睛，马勒以一个犹太人的身份承载着上帝的复杂情感。（马勒或许唯一没有想到的是，上帝一直在天国的门口怜爱地垂望着他，因他为人间献上的一份份丰厚馈赠而高兴——如同垂望他正被钉在十字架上以生命为人类赎罪的爱子。或许马勒也以自己同质的苦难救赎或减少了人类的罪——至少表达了人类本身的罪性，只是自己尚未自觉、要等到天国清点时才会明白他在人间的收获和奉献。那时，他便会做到真正的超然和超脱。他的灵魂一定在天国得到最美好的安息，像他在第四交响曲里献给人间最超然的天国铃声一样美好和令人心醉。）

　　"因为我们永远只能在具有悲剧天性的人身上发现感情的深度。"（茨威格）与所有精神流浪者一样，马勒一生除了忍受失去亲人的痛苦和不为世人所理解外，还要忍受多重意义上的精神之痛——如他所说，自己是"三重意义上的流浪者：在奥地利人中是波希米亚人、在德意志人中是奥地利人、在地球上所有民族中是犹太人。"他所忍受痛苦的质与量要远远大于同等人物之上。然而，他对得起上帝赋予他的苦难。在咬牙挺住苦难的同时，他卓异的生命质量分泌出的化解苦难之酶与胆汁，除了"消化"掉灾难外，还制造出一种几乎比其生命质量更加卓异的产品——一部部几乎无所不包的生命交响，将这世界给予他的恩惠却加倍奉出，直至像一位生命弥留之际的高烧谵语者说出自己认为对这个世界最为重要的话为止。他最大限度地利用了自己的生命能源。生命没有给这个无私者更多时间，未完成的第十交响曲可以看作他代表尘世对天国世界的永远期盼和向往。但毕竟透露出一丝珍贵的天国消息，这个天堂泄密者的在天之魂亦足可安息——唯愿奉献者的灵魂永远安息。于此，仿佛可以看到马勒在天国徘徊、徜徉的灵魂的影子。这便是马勒的结局——天国之门向这位精神流浪者敞开。此世，一颗颗一直悬着的心也终于可以放下。

听过布鲁诺·瓦尔特指挥维也纳爱乐乐团、克莱姆佩雷尔指挥新爱乐乐团、海汀克指挥阿姆斯特丹音乐会堂乐团、布莱兹指挥维也纳爱乐乐团、伯恩斯坦指挥纽约爱乐乐团和以色列爱乐乐团（DVD版）的《大地之歌》，几位杰出指挥家指挥世界著名乐队的演绎和诠释倾情独到而各具千秋。瓦尔特的凄绝哀婉之美；克莱姆佩雷尔的磅礴沉思与音乐织体的绵密、闪亮、通透；海汀克"高处不胜寒"的人生境界、不食人间烟火的孤独和温暖，以及人生繁华散尽的如梦寥落；布莱兹善于制造尖锐矛盾冲突的鲜明手法和耳目一新的配器，仿佛于人类亘古的交响天空中绽放出鲜艳的花朵，聆听之余依然意犹未尽，绕梁三日、三月不识肉味的现代与后现代声音的"物质感"；伯恩斯坦生命之核固有能量的放射与"杀伤"、爆出惊人魅力时的令人猝不及防（纽约爱乐似不如以色列爱乐乐团演奏马勒这个犹太人的作品来得地道和纯正）。

这一切聆听，的确令人一次次流连忘返。他们无限地接近了马勒，甚至与马勒到了不辨你我的程度。但他们却都不是真正的马勒，他们都仿佛再现了马勒的一页，马勒在他们的集合里，也许这是音乐本身所固有的缺憾之一。沉浸其中，感觉只有马勒在缥缈临近的天国消息才是真正可信的，天国是如此不可演奏的化境。这样，人们只能一次次望着"天书"一样成堆的曲谱和资料兴叹。这些唱片和关于他的书籍沉重地放在案头，仿佛这些合在一起才更像马勒，不时拿在手上轻轻抚摸。但依然不能释然，令人痛心的是，真正的孤绝马勒再也听不到了——现在听到的大都是带有时光奢华光环的马勒。朴素而闪烁着蓝宝石般生命之光的马勒令目空一切的现代科技无计可施，这是值得这个科技思维处处越位的时代认真思索总结的。

其时，他真正的声音正在人们的毁誉参半中渐渐销声匿迹，要等到半个世纪后才能呈江河一般喷薄、一发而不可收之势。而今日的每一次聆听，只能是对那颗孤独而又高贵灵魂的一遍又一遍的抚摸、缅怀和仰望，像面对苍凉而空旷的宇宙时感到的亲切一样——冰冷而广渺的宇宙能否盛下那颗滚烫而孤寂的心灵？此时，只能一遍遍聆听宇宙那边传来的邈远而温暖、真切的声音而感到一丝心灵慰藉："这可爱的大地呵／遍野春花，浓披绿装／在那无际的太空／到处永远放射蓝色的光芒／永远……永远……"音乐于不觉中进入骨髓，足可杀人——灵魂的歌唱如此无止无息，对人最具杀伤力。

秋天树叶的温暖金黄，这不正是马勒在生命的秋天看到的天国的颜色吗？借此，人们似乎能够看到这位大地和天堂之子——马勒在上帝之国里的永远微笑。《大地之歌》是上帝通过他赐给这个世界最美好珍贵的礼物，在人类的星空中放射着永远的蓝色光芒，温暖慰藉人类寒冷的灵魂。赞美感谢上帝，借着马勒悸动的双手和灵魂，让我们能够看到人类最美好的永恒微笑和深情——尽管此时所有眼睛或许都同时满溢感恩的泪水……

1908 年的生命之秋的确如此漫长。

2004 年 10 月 23 日

# 波希米亚河的灵魂

## 一、威瑟拉德堡

一串晶莹透明的竖琴声，牵引出一个皇朝古堡的兴衰。威瑟拉德堡悬崖上，屹立着一只目光锐利的历史之鹰。在游吟诗人的浅唱低回中，一个时代就这样结束、复活与重现了。诗人和诗——荒漠中的一串驼铃与足印，大地上的一群神秘精魂，创造者与收割者，灵魂与精神的黄金，像传说一样写在开头。一个时代与它的诗人和诗歌同步。在时间的那一端，对人们如此叙说的，不仅仅是时光——

辉煌与衰落。血脉像河流一样奔涌不息的精神。能见度极好的阳光穿过纯粹而含氧量极高的中古清洁空气，照射在古老的威瑟拉德堡一片耀眼的金碧辉煌之上。布拉格的鹰在飞翔。时光深处的隐隐约约，历史一路走来，粘着远古的泥土和斜阳气息，一路风尘仆仆。转眼之间，它已卓立于眼前，像一位带有玫瑰香气的森林少女或英武的古堡少年。古城堡依旧令人热血澎湃。古老的威瑟拉德堡外曾一度风光旖旎，眼前是一望无际的大海、原野和森林。那条著名的河流环绕而过，像一道美丽的金边，为城堡留下永远美好的记忆（人们曾以为这是时光永恒的面容）。然后，

它离乡逶迤远行，决绝而勇敢……

夕阳。古堡躲到一片金色后的黄昏里去了，像慢慢西下的太阳，结束了使命的它永久地歇息于黑暗之中，像静物。但历史并不因此终结，或许它才稍稍开了个头——一个王朝的结束意味着一个时代的终结吗——时光自有其脉搏和年轮。城堡廊下的石柱和峭立的悬崖默默，伏尔塔瓦河悄悄绕崖而去……

一个灵魂在徘徊。它有着一双留住历史的时光和空气之手。斯美塔那失聪而痛苦的耳朵里传来的歌声，如河里的波浪日夜磨炼着他脆弱而顽强的神经。威瑟拉德堡的鲜花绽放出的时空灿烂，和最后一声温暖的叹息令人荡气回肠和灵魂慰藉，像思乡的一剂良药。

## 二、伏尔塔瓦河

伏尔塔瓦河，由一冷一热两条溪流交汇而组成的河，晶莹剔透，仿佛永不枯竭，由历史的诸多元素组成。像两只上下翻飞的蝴蝶，在历史的山坡上飘飞，像时光深处的一个传说，交汇成一条精神之河——令任何走过它身旁的人都无法不为之心动的灵魂之河。除了大地，还有永恒的波希米亚精神，血液和骨髓的流淌成为每一个波希米亚人的生命因子和遗传基因。喝伏尔塔瓦的精神之水成长起来的人们，每当提起它便不禁像河里的波浪一样心潮澎湃，它纠缠每一个游子的梦。伏尔塔瓦。波希米亚。伏尔塔瓦＋波希米亚＝永远的精神抗争＝流动的纪念碑。凭它一个民族足以无敌和不朽。这就是伏尔塔瓦。这就是波希米亚。这就是布拉格。斯美塔那、德沃夏克、库克利贝、雅纳切克、马蒂农、哈维尔、米兰·昆德拉……塔波尔战士和胡斯党人——这一长串名单就是历史，就是一切？如历史与河流一般绵长的，并不仅于此，还有波希米亚精神的大地和奔流不息的一切的孕育。诸如历史、花朵和暗夜里的光……像尼加拉瓜瀑布一样的背景。

美丽的、令人荡气回肠的、日夜难眠的伏尔塔瓦河从历史深处流出，波光粼粼——于森林中聆听过原始狩猎、溪流的平缓节奏、乡村之舞、月光仙女的身姿、飞泻的瀑布。既像朴素的村姑，又像华丽高贵的少女，熠熠生辉，款款而行——波希米亚独具的魅力和财富……鸟语花香的草地、雄伟的森林和原野的诗意和情感，从山林的那边来，到海的那边去，要流过曾经宏伟的威瑟拉德堡和如今同样宏伟的布拉格。不屈的民族精神和古老的神秘时光，一直到大海——宽阔无边的精神之源——只是为了呈现一个奔流不息的意象？

温暖和慰藉着波希米亚大地上所有曾经与依然寒冷和饥饿的灵魂，让人永远不能平静的灵魂之河，斯美塔那有力的双手抓住了它，像力挽狂澜的舵手。

这样的双手蕴含着的力量，或许就在河畔最初的篝火、舞蹈和泛滥和灾难中，深情的弦乐群、激情的铜管和高亢的锣鼓……这样的双手一再让一大堆木头、铜铁、管弦、锣鼓一唱三叹、如醉如痴、忘乎所以，像同样奔腾着的伏尔塔瓦，至今如此，且永不休止——有雷鸣般疯狂的掌声、喝彩为证，它们似乎于历史的梦中惊醒。

### 三、萨尔卡

值得记住的不应只是那个男权时代——捷克娘子军的传说曾在波希米亚大地广为流传，她们用耻辱、痛苦、热血和生命送葬了一个时代。萨尔卡——被迫、勇敢、智慧、美丽而致力于战斗的波希米亚妇女。一段历史的终结者与改写者之一、女性领袖。

姐妹因她而悲伤与狂欢。

萨尔卡美丽的眼睛在哪里呢？在罪恶男权时代的每一个女性的悲泣、哀号与期盼里。伏尔塔瓦——波希米亚的精神之河，填满她们仇恨与爱的精神之河——河水无论如何都无法洗清她们的肉体和灵魂之耻，只能用沾满血的锐利尖刀来解决了。深夜的篝火、狂欢的酒舞和黎明前黑暗里的灯光，狂欢后的士兵们已经疲累了，他们丝毫感觉不到梦中的冰冷利刃，嘴角尚余一丝私欲满足的微笑。深情的她们只能对他们举起仇恨的尖刀，她们一定想起了那些母亲们的眼睛，但她们依然要把利刃插进他们的胸膛。历史的罪恶者总是让它的儿子用性命来抵债。这就是历史，这就是没有记忆的历史，这就是循环着的人类史。这是否是波希米亚妇女——萨尔卡们，用自己的实际行动对历史的应答？夜又一次暗下来，黎明就要来临了。唯有手握尖刀的颤抖的手和心？……上帝流着泪，背过脸去。

这是那个民族血流得最多、最重的一页，像最暗的黎明前的黑暗？不该发生的事情发生了。斯美塔那如是说，是为了告诫自己的民族时刻警醒历史曾有过最为可怕的一页，抑或是精神的战栗和痛心疾首？他的双手神经质般地颤抖着，记忆又一次漫过这位灵魂孤独者的锥心之痛。

## 四、波希米亚原野和森林

迷乱、开阔无边的波希米亚原野和森林，从四面八方涌来。"四面八方"——一个致命而沉重的词语，像核与原子武器打击到人们情感最脆弱的部分。谁能经得住如此经久而狂风一般的打击？这原野和森林中，还躺着死去的朋友和亲人的灵魂。它们日夜于坟墓和河畔歌唱、张望。波希米亚枝繁叶茂的森林里，同样藏满日夜歌唱的鸟儿——倏然的歌唱或许更能惊起似乎已经麻木的心灵，像夜晚惊梦之后无法入睡的双眼。往昔的欢乐、沉思、恋爱、深情曾怎样萌生于人类精神的开阔与繁茂地带？如今它们是否已长成参天大树和情感的密林？还是夭亡一般绝望地逃走，成为一个虚无的历史传说？阳光照耀得令人屏息的熠熠闪烁、树叶沙沙、鸟儿的歌唱仿佛永不停息、蛙鸣中的铜铃、瀑布悬置天边的风景，那浩浩荡荡、由远及近、渐渐清晰的原野与森林。已经来到、将要来到的、永无止息的，河畔、原野和森林里的歌唱，击打出生命最强烈的歌唱和最无可名状的节奏和情感。

原野和森林里走出的迷人村姑，明眸皓齿，带着田野的花香摇曳而行，像星星一般行走在波希米亚梦一般的大地上，如田园诗一般坚定地款款前行。这时才让人明白，美是如此难以抵挡。由黎明的长笛奏响和引领，诗一般的田园，家一般的温暖，什么能够阻挡铜管发疯一般的前进？让人知道的还有，原来如此纤细之美是如何演变为一场进行曲一般的憧憬和期望的——热烈的、不可扼制的，绵长的、遽然起伏猝不及防的——原野、森林，森林、原野一般的美丽。

像一个狂奔于原野的青春少年手执一把鲜花，激动得呼吸明显节奏失调，累了就去岸边繁花的梦里去重温。斯美塔那一不小心将自己变成一个轻佻的采花少年——老夫聊发少年狂！老夫子已率先将自己激动得一塌糊涂了。多少个失眠之夜，耳中鸣响的噪声比贝多芬还痛苦的绝望里，他还要求什么！没有忘记吟唱的美丽。

让他在这样的土地上彻底放松、甚至放纵一次吧！应该肆意放纵的还有那些铜管和打击的锣鼓们，或许它们已经很久未亲近到情感云团如此密集的波希米亚原野与森林的天空了。

### 五、塔波尔城和布拉尼克山

塔波尔城和布拉尼克山同样是一种精神象征。战士，一个世界的主要组成部分和精神要素——一个民族的素质取决于其战士的真假和优秀程度。战士，这一纯洁标志的词语，更多是一个精神层面的标志，与野蛮的武力几乎没有关系，真正的战士总是避免使用武力。让斯美塔那感到自豪的是这个概念在自己的民族并不是一个被占用和污染的象征，而是真正属于自己和自己的保护者——上帝。

战士作为一个民族的精神之魂，其本身固有的灵魂，让真正拥有自己战士的土地永远立于不败之地。这也许是波希米亚——捷克民族历经磨难、屈辱，在一次次灭顶之灾里巨人一般重新站起的力量之源。这个让人敬畏的民族，支撑它的是什么？背后的一切——几乎无法想象的坚实和丰富的一切，无论如何想象也不过分。波希米亚不朽于伏尔塔瓦河于此泛起的人类精神最纯粹、激越而有力的波浪。塔波尔城和布拉尼克山制造波希米亚精神穹顶的同时，也为连绵不断的人类精神的峰峦起伏制造了又一惊心动魄的一幕。隐约响起的威瑟拉德堡的歌声？不，是塔波尔战士的故事和传说，用它们支撑和结束一首交响诗。用音乐把故事和传说雕塑成纪念碑的力量，这分明是与人类精神重合的那一部分——内化为人类的本质成分，这是斯美塔那不朽之所在。

……斯美塔那、德沃夏克、库克利贝、雅纳切克、马蒂农、哈维尔、米兰·昆德拉……请允许我再抚摸一遍这一长串名字——波希米亚大地最黑暗的暗夜之下，是他们在纷纷涌动。塔波尔城保卫者的灵魂和布拉尼克山一般的身影，以及他们背后的默默无语者，同样如布拉尼克精神之山一样雄伟高耸。他们和英勇的保卫者们再次重合——胡斯党人、波希米亚的卫士们。

上帝的战士。真正的战士属于上帝。《上帝的战士》——斯美塔那为英雄选取一段古老的圣咏，恰切描述这些为保卫和拯救大地和历史而牺牲的勇士们——不止这些，人们一直固执地认为，那些为国战死的勇士们并没有死，他们走进了布拉尼克山和传说——人们总能为殉难者找到一个适合灵魂永远安息的地方。于是，故事开始在波希米亚四处流传：英勇的胡斯党人的精魂在那场血战之后并没有死亡，而是趁暗夜悄悄潜入了每一块石头都十分英勇的布拉尼克山。每当波希米亚大地危难之时，精魂们便会鱼贯而出，遍布山林和原野，神出鬼没，处处都闪耀他们的身影，这样的大地还有什么危险可言呢？他们活在人们的记忆和憧憬里——人们让他们在故事与传说里不朽。一首世界上最长的交响诗于此圆满了。失聪的斯美塔那选择最为简洁有力的一搏！之后他知道自己依然要去忍受比贝多芬还要痛苦的失聪的日夜耳鸣，直到写出最后的歌（带有自传性质的弦乐四重奏《我的一生》和后期的几部歌剧都于此坚忍创作）。

## 六、波希米亚河

难怪流亡他乡 42 年的库贝利克，在 1990 年"布拉格音乐节"上，一再压抑自己的情绪、不让自己过于激烈。曲终，忍不住当场老泪纵横。面前坐着的同样激动得无法克制、曾为捷克的民主自由历经囹圄之苦的总统——哈维尔及其夫人。此时，两个精神和肉体双重流亡者的心中（精神重逢？）又是怎样难解而融洽的滋味——能够有资格在"我的祖国"亲自演奏和聆听《我的祖国》。在这两个流亡者心里泛起怎样同质而不同色彩却同样猛烈异常的波浪——像伏尔塔瓦河那一冷一热源流涌起的最终波浪？

难怪波希米亚的音乐家们说自己轻易不敢演奏这首曲子："说实话……移民后，我一直避免演奏《我的祖国》，因为我怕自己会太情绪化，我想我一定无法控制面对观众时的情绪，所以我一直拒绝演奏它。"（世界著名捷克指挥家佩塞克）；难怪它会成为捷克爱乐乐团百演不厌的经典保留曲目，每一次演奏都同样如醉如痴、忘乎所以。有时会响起30多分钟之久、似乎能够再现和见证整个民族苦难和屈辱的掌声，《我的祖国》——威瑟拉德古堡、伏尔塔瓦、妇女萨尔卡、无边的波希米亚原野和森林、塔波尔城和布拉尼克山，一次次定格在世界各地的无数个黑夜、白昼和心灵里。

"上帝的战士"和威瑟拉德堡主题最后的交相辉映，像力量的河流汇聚成汪洋大海。历史和现实交织重叠，江河一样汹涌澎湃、彼此呼应，构成了人们对波希米亚大地的记忆。以一个民族的历史，创造了一个交响诗世界的神话——斯美塔那不可避免地成为捷克音乐史上的丰碑和神话。波希米亚旋律唱响在另一种历史里，伏尔塔瓦河流淌在另一种时间里，这就是音乐世界的持久魅力？伏尔塔瓦河在音乐里流成了波希米亚大地的精神之河。

伏尔塔瓦河，这条从首都布拉格穿城而过、孕育一长串耀眼名字的河流，为每个捷克人提供不可缺少的精神元素和母语感，像孩子只有母亲陪伴时才能安稳入睡一样，人们在它身旁才能感到灵魂安慰。这条几乎流进每个捷克人骨髓、蕴含着波希米亚民族精神的河流，同样预示着一个民族的未来——它有着一种内在的节奏，像宇宙的规律一样准确，像一首歌在人们心中唱响，这首交响诗已将神秘的历史内化为一种内在节奏——历史和民族精神竟在斯美塔那无声的世界里复活了。其实，斯美塔那已经把自己内化为波希米亚民族的一部分，把交响诗当成一种民族精神的隐喻和象征——他让自己完全消失在音乐里。

但就是这个被誉为"捷克民族音乐奠基人"、"新捷克音乐之父"、"捷克的格林卡"的波希米亚人,第一位以波希米亚民歌和历史写作的精神信徒,在忍受失聪痛苦的同时,还要忍受时人侮辱性的评判:"不能再对他有所期待,因为他甚至为了博取大众的同情而装聋。"后来知道,类似的评价和攻讦竟是不朽者的标志之一。

波希米亚河因此而不朽。

2004 年 7 月 20 日

# 流亡的质髓

我在世纪的深处流亡，苦难一次次在黑暗中开出花朵。囚车似的现代交通工具载着我四处奔波流浪，灵魂泣哭与岁月的风雨铁马冰河般扑进我的梦境。

德沃夏克的声音迎面而来，也许是厌倦了故乡的青山白云，也许为了更高的倾听，他来到人声鼎沸的纽约街头。但纽约让他失望了。驻足在川流不息的纽约街头，高楼阻断了他的想象。人流声、车辆声……猛烈地撞击着，他趔趄了一下，开始很厉害地思念故乡，如潮的街声让他彻夜难眠。思念也许始自故乡的一行行雁阵鸽哨，诉说他在异乡的陌生苍凉，诉说他的失眠与孤单。他像被骗一样来到这个鬼地方，他激动得一塌糊涂。他稍微镇静了一下，故乡的歌谣便飘然而至，那段简单的音符明月般温暖着游子的梦境，一咏三叹、一波三折，令德沃夏克伏案而泣，所有的游子都怕听到这些声音。生命与故乡最后终于帮助他穿越了明天。这是20世纪响得最多的声音，我听到的却是人们在向物欲世界缴械投降，声音响成一片，没有半点守望、沉默、呐喊、信念与理想。我的心痛得发紧。如果肖邦看到这物化的世界又作何想？这个面色苍白的青年或许会更加悲伤。

不说肖邦，这个青年蓝色的忧伤与愤怒让人彻骨。说说肖斯塔克维奇，但这同样是一个我极不愿言说的人。

肖斯塔克维奇声音暗哑。他的铜管发出刺耳的声音，那是岁月风沙的磨砺。肖斯塔克维奇如一把铜管倒挂在岁月深处，如一枚惊叹号使俄罗斯噩梦惊醒。

挥手之间，俄罗斯的暴风雪呼啸而来，锁住行人的脚步。脚下的雪咯咯作响，俄罗斯血统奇异无比。当血液流进潜流晦暗时，岁月发怒了。一万只铜管在太阳下的严寒中嘶哑，一万把打击乐器在暴风雪中失声，一万把弦乐将人们围困于狂沙之中。肖斯塔克维奇愤怒着，因呐喊而声带撕裂。他倒在血泊之中，在封冻的土地上热泪横流。他挣扎着站起来，砸碎最后一面锣鼓，扯断最后一根琴弦，将那只尖利嘹亮的小号上的血尘贴在胸口，独自离去，俄罗斯自此寂然无声。肖斯塔克维奇走了，带着那把孤独的小号。岁月被放逐，俄罗斯大地热血遍洒。肖斯塔克维奇也有平静的时候，但那把心爱的小号警醒着，时刻注视着躲在白桦背后狂风中贪婪的眼睛，稍有风吹草动便立刻发出一串尖厉的声音，斥退那贪婪的脚步。肖斯塔克维奇，一个尖利的歌者，小号在四处的风沙中流浪。肖斯塔克维奇，你知道在流浪的旅途中俄罗斯在流泪，世界却在吟唱，多少声音于是汇入你的尖利，你肆意冲杀时，俄罗斯已不能与你和弦。但你呐喊出的却是俄罗斯真正的声音，这有几百年孤独的灵魂作证。

岁月之歌又一次响起，粗粝的狂沙封锁着我景仰的眼睛。

## 一、人们等待心灵之歌

有一个灵魂觉醒了。

阴霾的天空乌云密布。肖斯塔克维奇独自漫步在封冻的俄罗斯土地上。江河呜咽，河水裹着冰块咆哮。受伤的大地痛苦地呻吟。他

在深夜孤独地苦思冥想。漫步旷野，噩梦般的痛苦压着他的胸膛。他狂舞着、搏斗着，一层层雾一重重云夹着阵阵阴风刀一般飞来，电一般切割。他踉跄着、躲避着，它们撞上他的胸膛，雪原一般茫茫无尽。强权的车辙蹂躏着大地，赢弱受伤的人们相互搀扶着、趔趄着，向心中的一丝光明前进。他们在肃杀的气氛中被流放、监禁、暗杀了……沉默。一声不吭地忍受。肖斯塔克维奇看着这些，热血奔涌顶出泪水化成最初的愤怒，愤怒又化成仇恨的烈焰，他瞪着一双温情的冷眼，观望着、清算着俄罗斯失去多少儿女，他失去了多少兄弟。夜深了，一支抚慰的歌终于唱响——

那个凶蛮专横的形象出现了，魔鬼与卫队所到之处，鸡犬不宁，禽兽不安。在血腥恐怖的气氛中，他与卫队横冲直撞，显示无比的威风与庞大阵容，刺刀雪一般亮；然而这威风之中出现了臃肿、虚弱与不堪一击，为掩饰自己的恐慌，他们使用了极权。

黑夜肃杀。人们抗争着，等待茫茫黑夜的一曲心灵之歌。人们热血奔涌，深情地向往黎明的钟声，盼望极权统治的倾覆。但一个个丑陋的面孔出现了，叛徒、告密者、小人。一批兄弟牺牲了，世界又一次陷入了死一般的寂静。当太阳重又升起，俄罗斯大地一夜之间已血流成河，屠场上一片宁静，甚至连野兽也不来啃食烈士的骨肉，只有几棵不屈的小草迎风挺立。又一轮搜捕开始了，勇士们一个个昂首挺胸地走向刑场，一旁则是猥琐的人得意扬扬。一个声音说：把他们怎么样？另一个声音沙哑着说：杀绝。一个都不留，杀掉！然而勇士们愤怒仇恨的眼睛让他们惊慌，仿佛整个俄罗斯都愤怒了。狂风乱舞中，他们把勇士全部带走，不知去向，古拉格群岛横亘绵延在人们遥遥无期的期盼之中。

人们呼号、寻找，思念着亲人，声泪俱下。肖斯塔克维奇仆倒在地。嗓子哑了。泪，流干了。

## 二、为古老的俄罗斯民族而战

一个深夜的惊悸之音，睡眠被厚重的梦魇惊醒。深夜的俄罗斯小城如乡村一般宁静，街角与胡同深处的街灯昏暗地亮着，亮着童话一般的往昔宁静。

肖斯塔克维奇被经久不息的噩梦打断了。眼睛熬红，现出黑黑的眼圈。他燃着一支烟开始回想循环往复的世界与往事。那是曾经充满甜蜜的梦想的世界，青春与理想在天空翻飞的往事。他听到它折断翅膀的痛苦呻吟。污水泼来，诬陷抽来，造谣、中伤、莫须有，都来了。这是怎样庞大而污浊的力量？耀武扬威，煞有介事，恶魔般把夜半的哭泣当作歌声，肆虐着阴风黑暗的街道，踏碎人们的梦境。到底是得罪了上苍还是神灵，为何如此让人不得安宁？那虚构的空想，在这恐怖的深夜为何像一个借口？夙夜霍霍、信誓旦旦？

这时，肖斯塔克维奇说：我是为着黎明而来的。另一个声音却说：你哪知道黑夜的厉害，它随时可以结果了你，不管你是谁！但他摆了摆手说：我知道虽然要跨越坎坷与障碍，但是为了持久的生命是值得的，那些前仆后继的先辈也是这样。

那个声音无言了。它知道，悲苦与惨烈在等待着特立独行。它叹着气远去了，不留半点痕迹。

昏暗的灯光下，肖斯塔克维奇望着熟睡的妻儿，难言的战栗涌上心头。多少时日过去了，孩子的心愿了解了吗？妻子哀叹的目光改变了吗？只有在梦中她（他）们才会露出微笑，只有在梦中她（他）们才能分享他的温情。此时，一片片落叶飘下来抚摸大地的梦乡。你这深夜不眠之人，可是为了生活的艰辛而叹惋，可是为了生活的舒适而殚心竭虑？茫茫黑夜，无边无际，风雨飘

零，破旧不堪，一个热血男儿怎能袖手旁观？满目疮痍，层层苦难，亲人们哭号着、流离着、忍受着，天地不应，四面一片寂静，只有夜在歌唱，夜在等待温暖而寒冷的黎明，长夜尽头，也许少些心灵的熬煎？

（此时，乐声如流，入我心底，烛照我的灵魂。）

俄罗斯的儿女出发了。这是一支正义勇猛之师，为信念、理想、热血和生命而战，为古老的俄罗斯民族而战。他们斗志昂扬，永不退缩，勇往直前。他们行进的速度与激情令那些丑恶的嘴脸胆战心寒，唾沫四溅的诋毁四处逃窜，黑暗来临才会乌鸦似的出来聒噪几声，如被枪击落的鸟毛一样零落了。

——志士的亲人也来了。重擂的战鼓让他们手挽手、肩靠肩，来到这里是为了倾听黎明的钟声与歌唱。在这寒冷的俄罗斯的夜晚，肖斯塔克维奇目送一支支义军出发，战友相互倾诉着、慰藉着、搀扶着，这是一个温暖俄罗斯的梦，深夜的告别缱绻而决绝——既与战友告别又与自己告别，从此踏上征程再不回头。送别的人汹涌如潮。人群中，肖斯塔克维奇甚至看到他的孩子也在与他告别，妻子露出了久违的笑容。肖斯塔克维奇走出精神的羁绊，仿佛一块压在心口的巨石被移开，心灵在剧烈地神经质般地颤动。他深深地叹了口气，在这个寒冷的夜晚，目送自己出发，热血奔涌，久久不能平静。

肖斯塔克维奇从此成了一个斗士。我反复不停地倾听着这灵魂的歌唱，意犹未尽。这是肖斯塔克维奇最为温情饱满的一章，或许这是最本色的肖斯塔克维奇。后来他成为斗士成为一个尖利的歌者，也许正是因了这时的激情与温存……

肖斯塔克维奇，肖斯塔克维奇……我在说不尽的心绪里念叨着你！

### 三、一曲招魂的歌声

往事沧桑，潮水滚滚而来。肖斯塔克维奇怆然泪下，日夜徘徊在涅瓦河畔、莫斯科偏僻的小巷。此时，一支歌唱响了，为了这支歌，人们曾历尽磨难。多少人倒下去了，唯有这支歌还在喂养着饥饿的民族。唯有它了，在心灵的深处，在受伤的间歇，在涅瓦河难眠的灯光里，一再地唱响。它穿过涅瓦河湍急的流水，透过彼得堡层层封锁的风雪，于深夜抚慰着一个个受伤的灵魂。

苍天长夜。如今如何才能见到失散的兄弟，如何才能告慰兄弟的在天之灵，如何才能带去对兄弟的思念，如何才能将苦难抛向滚滚而去的河流？一个个噩耗传来，一阵阵灾难降临，一个个兄弟，我的好兄弟，又倒下去了。痛惜与思念弥漫在河畔，灵魂深处响起英雄的歌声。河水默默奔流，诉说对这个世界的留恋与思念，诉说那未曾迎来的黎明，诉说未竟的事业么？涅瓦河默默奔流，唯余茫茫的歌声。俄罗斯，往昔曾拥有多么美好的蓝天家园，转眼一切全不见了，唯有这无尽的歌在唱。河面上一片粼粼的歌声，一片心灵的战栗，人们怎能忘记，奔流的涅瓦河怎能抹去无尽的思念？

乌云密布，涅瓦河在喘息。那支从心灵深处飞出的歌也被扭曲，如重压下得不到阳光的嫩苗。人们无法忍受，不屈的男儿唱起昔日嘹亮、正义的歌声，在威逼肆虐下，这歌声成为一片历史的绝响！志士们毫不退缩，穿过层层封锁，倒下又爬起。志士的呼叫，亲人的呼唤，让人痛心疾首。兄弟呀，你为何不带上我而舍我而去？风沙阻断了我的视线，阻不断对你的思念。不归路呀它载着多少兄弟的思念。历历在目的往事让你望眼欲穿。你消失得如此突然，以至我用光的速度追赶你，用电的速度追赶你，都不能使你再

现。成千上万的兄弟，难道要我永远停留在时光的追逐里?!

涅瓦河不停地奔流。歌声日夜萦绕在河畔。夜又深了，思念的潮水一浪高过一浪，最后一支歌是否已经唱完？河面上最后一盏灯熄了，河畔一片沉寂。夜空中是思念闪烁的蓝天，欲哭无泪，欲睡无眠。又一支歌唱响了，归去，兄弟——一曲招魂的歌声，依依不舍。兄弟，我仿佛握着你的手，看见你婆娑的泪眼，你的心愿我已记在心间，等待漫漫长夜散尽，等待白云将天空染蓝，我们再相逢。去吧，兄弟……

乐曲又一次从梦中醒来，汗水湿透，模糊的身影还在战场上厮杀，断肢残骸，热血横流，染遍了地上的青草，挣扎着、呐喊着、血肉一片……

人们手足无措，忍受着失去亲人的凄切。阵痛如潮水般无法排遣、无法描述、无法言说。它在人们劳作的间歇与恐惧里撕扯着心灵，无时不作、无时不在，无以猝防、无以捉摸。如何才能经受得住这样的敲打与折磨？如何才能得到片刻的喘息？人们一次次仆倒在地，又一次次爬起，痛苦地挣扎与舞蹈，相互倾诉、相互回忆，泪水恣肆着消瘦的面庞，在这样的风中、雨中，在这样的烈火中、冲杀中，心灵的伤疤难以痊愈。在漫漫长夜里，在情感潮湿的天气里，在潮水般汹涌的回忆里，人们隐忍、逃避，痛苦愈发剧烈，一次比一次持久，一次比一次猛烈，一次比一次漫长，多少绝望的等待与期盼都被凛冽刺骨的寒风扫进死寂的冬天了。

苦难的涅瓦河畔从此再也不会有更厉害的惨烈绝望与苦苦等待。

## 四、英雄歌声激荡

涅瓦河畔平静而美好的土地隐藏着阴谋之箭。它们密密地集结起来一齐射向善良的人们，射向人们的信念与胸膛，射向那些前进的脚步。然而一个坚贞不屈的民族生来是为信念与自由而战的，他们没有痛苦呻吟，没有退缩不前。箭矢如雨，人们纷纷倒下，但勇猛的人们依然冒着枪林弹雨冲上去！前仆后继，如波涛滚滚。俄罗斯母亲从此不再相信眼泪！

　　硝烟终于散去了，大地一片宁静，人们心灵的创伤如同这片被烧焦的土地。苦难过去了，无论正义战胜邪恶还是邪恶战胜正义，留给人们的都是一份无尽的伤痛。伤痛绵延无边，在颓废的战场上，在心灵深处，在阵痛折磨的无眠里，极目远眺，到处是焦土与荒凉，往日的欢乐被一片狼藉掩埋。孤独的深夜，人们不禁要问，是谁夺走了一个民族的幸福？是谁在这无尽的黑夜迫使寒夜的风霜肃杀梦乡，任涅瓦河于冰下兀自呜咽？寂静。寂静。人们不会忘记，大地不会忘记：狂风如何肆虐，丑恶如何残暴，涅瓦河如何咆哮，黑暗如何笼罩；重压下的喘息，亲人的失散，荒芜的痛苦，俄罗斯永久的悲伤！英雄倒下了。月光洒满大地，俄罗斯将从无尽的伤痛与昏睡中醒来，从绵长的回忆与深思中醒来，从无限怀念与依恋中醒来……岁月如梭。人们曾在这片土地上无忧无虑，曾在温暖的灯光下边跳边唱憧憬着未来，流连忘返，那时一种信念已经在心灵深处扎下了英雄的根。灾难降临了，是谁夺去了人们的自由和幸福，是谁使人们苦难无边？

　　人们渐渐握紧了双拳，眼睛喷出仇恨的烈火。涅瓦河畔英勇不屈的歌声，激起挺拔的白桦林阵阵波涛。英雄无数次在黑夜与黎明中离别亲人，源源不断地走向战场，在人生的洪流中激荡翻滚，奔流无边。没有他们便没有这自由的歌唱，没有他们便没有这温情的土地，歌声连绵不绝，响彻世界的每一个角落，历史期望太久，望眼欲穿。歌声滚滚，一浪高过一浪，呐喊着、冲杀着、奔流着，敌人凶残，英雄的血脉更旺，豪气冲天，封锁只能催促英雄前进的脚步。敌人仓皇逃遁了。英雄歌声激荡。深情绵延在血脉与灵魂深处。涅瓦河畔的歌声如繁星遍洒的夜空，笼罩、慰藉着人们孤单寂寞的梦乡。一方蓝天在人们心灵里展开，一群和平的鸽子在自由自在地飞翔。英雄的脚步远去了，涅瓦河却留下永恒的回忆……

五、用歌声告慰兄弟的在天之灵

肖斯塔克维奇终于如释重负了。多少个日夜的徘徊与焦虑，多少个日夜的苦闷与思索，终于可以用歌声重温与兄弟在一起的梦，用歌声告慰兄弟的在天之灵。他用非常委曲自我的方式来告慰，没有人能听懂。只有他的兄弟，他如愿以偿。在一个深夜，他徘徊已久、心绪满怀地在涅瓦河畔露出极不易觉察的一笑，离去了，他开始了又一次灵魂的跋涉，边走边想——

兄弟，你坚贞不屈的灵魂此时是否已经沉睡？愿你的灵魂安息！

我的好兄弟！

肖斯塔克维奇你这孤独的英魂！沉沉地睡去吧，孤单而狂躁的灵魂。这世界因你而生动，流浪与逃亡的脚步持久而缜密。我不知道还要在自己的岁月逃亡多久。喜怒无常的天气开出苦难的花朵。这是20世纪最可怕的声音，在心灵的战栗中我听到黎明的呼啸与凄厉，我虽然喜爱听这乐声，但的确期望这声音永远从地球上消逝，带走那凄风冷雨的岁月，还历史与黎明一份平静与安宁。

我等待着。

我等待着……

历史像滚滚车轮一样碾过现实的每一个细节，如履薄冰，稍不留意便会搁浅、下沉。于是，一个民族沉睡了，沉睡在无底深渊亘古无期之中。此时，总有那么带有血性的声音划破历史的长空，成为历史的绝响，而当历史醒来时，又立刻会碾碎身旁的一切，那些发出历史绝响的人们无疑会成为首批牺牲品，他们与历史的火焰靠得太近，也太赤诚，一翻身他们便被燃成灰烬，成了一曲被掩埋的挽歌——永远的历史的绝响。

我瞪着一双布满血丝的眼睛，一边惊悸不安，一边等待着划过历史长空的那声绝响。我的确害怕这声音消逝，一转眼一片寂静，连一点儿回声也没有。我渴望一声霹雳，又的确想回避那历史的肮脏与惊心动魄的一幕。我不原谅历史，不原谅任何理由的历史。历史的车轮总是碾着志士仁人的血泊前进。再有理由的历史也是血雨腥风、泪流成河的，足以惊醒这个世界的万万双眼睛了。然而，惊魂未定，在历史虚假柔情的臂弯里，多少人又沉睡麻木了，开始炫耀历史、炫耀祖先，腔调如嚼口香糖一样轻松与优越，多么让人心碎！我从来就不赞成在历史面前心平气和的学究式的研究——在血与火的历史面前的平静，可疑而不可思议。志士的鲜血难道不曾渗透厚厚的纸张，一直浸进历史脊背？当他倒下时，他听到的或许就是那一声绝响，霹雳圆满了他的一生。大地因而枝繁叶茂，人们于是开始欢呼跳跃，一切显得美好而自然。然而有谁知道他们是在历史的血泊里跳舞，在历史暗哑充血的嗓音里歌唱？历史被遗忘了，群魔们便一个个粉墨登场再现一场历史的哀歌与葬礼。

历史最终会选择自己的歌者吗？在这个充满喧嚣的时代，血流得太多了……肖斯塔克维奇的热血最终会补足那个缺血的时代么？那惊雷般的绝响是否会让噩梦惊醒，如刀一般刺进现实的血肉？我不敢奢望。

## 六、叩响生命的殿堂

雪原。只有旷野里一座座现实的麦秸垛描述着冬天的诗意。我独自倾听天地间雪花簌簌飘落。雪漫天扑来。我似懂非懂地听到渺远的钟声响了，壁立的悬崖被飞溅的浪花打出一片黑黑的颜色，那可是信念泅出的鲜血？心灵枯竭的我重又听到生命的泉声漫过长长黑夜走进我的灵魂——如一枝翠绿喂养山间那只迷路而饥饿的麋鹿，带着些许胆怯与羞涩。软弱无能的我何时才能长大，在阳光与风雨里的奔跑才能健壮有力？

肖斯塔克维奇的声音响起，一连串音符打中记忆的栅栏。我是旁边寻找果实顽童中最为幸运的一个，侥幸拾捡到人生一颗最大的坚果，岁月的星辰不会坠落。

我知道这是一场盛宴，不会永远把我抛在茫茫雪原独自与麦秸垛对酌。我独自守望，期待在雪的纷飞与寒冷中构思一个热火朝天的氛围。我仿佛看到晶莹剔透的高脚杯里高贵的液体穿过灵魂与时光绵延不绝，如那支难忘的弦乐四重奏时隐时现。不敢惊动什么却发现似乎忘记了倾听，曲终散尽时我只能以梦当歌，穿过质感的流淌，让小夜曲、宣叙调、海浪声一起走进来，一直走进缺席的瞬间。天空被照亮了。从来不曾在雷丛里走过，此时才懂得什么叫作惊愕。亮光劈开思想的穴道。不知道什么叫作感动的我，为何此时泪如泉涌，或许今生再也无法绽开娇艳的花朵？

夜静极了。天将要亮了。我隐约听到歌声缥缈而出。圣殿的大门威严地紧闭着，那对门环闪耀着金色的光芒，如同铜管威严的乐声一直护卫着大门，等待我叩响生命的殿堂。

雪，还在飘落，那是否是肖斯塔克维奇对大地的绵绵诉说？

……

# 不停变换位置的土地

　　我已无法确认家里那片田地现在的位置是否与记忆吻合。因为整块田间的一条小路，后来从中间变到了那片土地的东边，一条小水渠也被填平了。我的记忆便在那里迷失了方向。在村里，人的地位似乎与所分到的土地的位置相对应。小时候家里总是分到离村里最远的地块，这除了意味着多费很多劲之外，还意味着受歧视——最差的地块总是等着那些运气最差的人。

　　记忆中，家里最早分到的是一块不适合种小麦的土地，似乎更加适合种瓜菜，每到夏天便可以吃到甘甜瓜果和新鲜蔬菜。记忆最深的是，在那里我学会了给甜瓜、西瓜的瓜秧打叉，这种技术可以使瓜果结果更多而不至于只是疯长瓜秧。在那里，我还学会为南瓜对花——一种人工授粉的方法。我记得名字叫作一窝猴、九道筋和冰糖瓜的甜瓜，其他的名字几乎完全忘了。因为西瓜需要更高的技术，家里主要种两种瓜：甜瓜和菜瓜。甜瓜在没有完全成熟之前是苦的，菜瓜不管多小都不苦，我们更喜欢菜瓜一些，它们可以随时摘着吃。

　　有时吃完瓜，我们便到地头的水渠里去洗澡，沙质的水底，温暖清澈的流水，水大时可以自动流到田里去，不像现在要用机器倒几次才能灌溉。

**逝去的故乡桃花**
shiqu de guxiang taohua

　　后来，我家分到的另一块被人鄙视的地块，除了劳动则没有多少记忆。那是一块相对较高的地块，浇水特别困难，土壤是半沙质，很容易处于干旱状态。它在一片坟茔后面，村里人把那块地叫作"西北地"，据到村里算命的盲人说交了西北运最不吉利。我充分感到了它的不吉利，除了在那里掰了嫩玉米回家煮着吃或烤着吃之外，它几乎没有给予家里更多乐趣。在那里除了枯燥的劳动就是枯燥的劳动，有时我会捡起脚下的瓦砾拼命扔出去，以为这样可以祛除霉运。即使在秋天我最喜欢的事情上，它也限制我的欢乐。我最喜欢和伙伴一起挖掘鼠洞，但那块地的确让我十分沮丧，和别的地块相比，那里的鼠洞总是比别的地方要更加深不可测。大多时候会让我半途而废，那是一种非常糟糕的感觉。最后，站在被自己挖出的齐腰深的深坑里，有一种可怕的失败感，觉得里面一定不是田鼠而是诸如蛇类等怪物，最后不得不放弃挖掘。那是一块盐碱地，庄稼产量比别的地块要低得多，大概由于是沙质土层田鼠的洞穴才这么深。

　　家里终于分到了离村庄较近而且靠近田间小路的地块，这意味着除了节省很多劲之外，土质也要肥沃得多。家里在那里种过大豆、玉米和棉花。在那里我见到过最密、最美丽的菟丝子。它们能把大片大片的大豆缠绕致死，但它们弯曲的茎和颜色却异常美丽，可以让人想到世上最妖冶的女子，它的美好之下藏着毁灭和阴险。在这块地里我学会了为豆苗锄草，看到过玉米露出地面的粗壮虬根，学会为棉花打药和拾棉花。母亲曾因听说有人夜里偷棉花而半夜赶到田地看个究竟，有一次果然发现村里的罗锅在别人地里偷棉花。

　　那时，我家和叔叔、伯父家的关系并不好，便和三爷家合伙干活，分地时和三爷家共用一个阄儿，所以那块地紧挨着三爷家的地。在三爷家的地里，我总能看到他和两个儿子在田里干着活，他们都是很好的庄稼把式，他们的活儿被村里人视为经典作品，常常被当作标准模板或范本令村里人肃然起敬。现在，三爷已经因一场医疗事故去世多年，就埋在那块地里。那年麦收之前，三爷觉得有点发烧感冒，怕耽误即将到来的庞大而繁忙的收割季节，身体强壮而几乎一生没有尝过药是什么滋味的三爷便到前村诊所去看病，一瓶点滴尚未滴完，三爷的身体便慢慢变得僵硬。但让我一直感到不解的是，一直到三爷去世，我都没有见到他们的日子因为他们的勤劳而变得好一点。从三爷那里，我知道勤劳并非致富的完全秘诀。

那块地西边不远处有一条小路，它能够通到原来那块盐碱地那里去，那是唯一能够通往田野深处的道路，每当走到那里我都会想到那些拉着装满庄稼的沉重车辆缓缓挪动的日子。那条路两旁的田野有几年种了泡桐树，它们长得十分旺盛，像地里撑开一把把巨大的墨绿雨伞。有一年大雨过后，几乎所有泡桐树都被淹死了，大部分都廉价卖给趁机而来的小商贩。后来，村里人就没有在地里种过泡桐树。那是一条笔直的田间小路，后来挪到了东边，就成了现在这个样子，以致我因此失去了记忆的凭证。

后来，我家分到靠那块地西边的一块。之前那里曾经有一口被填平的普通水井，还有一眼机井。后来，那口普通的水井，因内壁倒塌被填平了。那眼机井，则在一个干旱的春季因地下水过量抽取而引起塌方，所有的水管也都埋在里面了。据说后来用拖拉机，才算勉强拉出一截被埋在下面的水管。很久之前，我在那里薅草时，曾经在那里意外遇到过一棵野生的瓜秧，上面有一个瓜已经成熟了。那是一种最大的意外惊喜。而那口被填平之前的水井，周围长满了茂盛的青草，几乎要把整个井口遮盖了，不小心的话，甚至会一脚踏进井里去。我当时很害怕，吃过瓜，快速薅了一些好草，很快便离开了那里。现在两口井都从那块土地上消失了。

现在我家分到的地离村庄更近了，也许这多少可以视为已经摆脱了厄运。但是我家和三叔家与靠近水渠的大爷家的地挨在一起。一场大雨之后，也许因为我们得罪了大爷，他便派大娘到地里看着，不让从他家地里经过。其原因在于，之前大爷曾经把树栽在我家田边，母亲担心树长大后会因遮挡太阳，无法种庄稼而阻挡了他。村里人也都让他把树刨掉。他怀恨在心，加上本来关系就不好，想让我们和三叔家的庄稼都被雨水淹死，尽管大家因此对他都很有意见，但也没办法，最后只好另想他法把水排出去。

在那块地里，我还曾经见过几十斤重的一株地瓜。它被视为村里的奇迹和荣耀。那株地瓜的果实被密密排在那块土地中间，等待村里人和大队里的人前来参观和赞赏。我还记得在这之前，村里人曾在那块地里采了嫩地瓜叶与茎和面蒸了吃。这些都已经是年代很久远的事情了。离家多年之后，田间格局的改变让我一下找不到方向。我甚至连属于家里的地块都找不到了。而这在当初是不可思议的，我总能用一些特殊的方法找到自家的地，更多时候靠一些心灵感应来做标志，但从来没有出错过。我甚至认为从我不能再准确辨认家里的那块地的位置起，我真正成了一个在这个世界漂泊的弃儿。

# 黄河咫尺桃花

对于时间，我一直是很迟钝的。想了很久要到黄河边去，但从冬天到春天一直未能成行。我深陷于时间的包围之中，几乎无法将自己挪动半步。我知道，这对我是十分危险的。但没有办法，只能在这种休眠中或是死掉，如果幸运的话或者能够在艰难之后横渡时光，但对于这九生一死的可能性我并不抱什么希望，重要的是要想办法清醒地度过每一天。我只是想让自己活得心安理得一些，但这的确不容易，清醒在这个时代要付出代价。不过，仔细想一下，这其实是在任何时代都会付出的代价。我认为自己依然不够清醒，不然就不会想那么多，少一些不必要的烦恼，而且我知道这些只会增加徒劳的烦恼而已，它并没有意义。这就像漂浮在时间上的泡沫，转眼就会消失。我总是习惯在转瞬即逝的事情上浪费生命。

从居住的地方到黄河岸边只需不到半个小时的路程，但就是这样的距离让我觉得与它并不邻近。在我居住的小县城出发有许多地点可以来到黄河岸边，常去的地点有两个，一是董口渡口，二是旧城渡口。现在这些地方都已修上浮桥，很难再看到摆渡的船在波浪中穿行，即使有也大都是机动船只。而20年前则到处是一些依靠船桨的木制小船，河中有许多它们行过的之字形船路。现在，能够看到一些废弃的老船被抛在沙质的岸边，像是废荒的某一段时光，在风声中发出自己的残余声音，与那些飘摇在波浪中的船只遥遥相望。它们就这样遵循着时光河流的发生学与辩证法，用自己的方式维系着与苍浊河水休戚与共的平衡。河水滚滚逝去，而船只截开一条条通道，像所有人一样每天都与时间发生着的切割运动。

我看不见那些木船转眼已经 10 多年了。它们完全消失在岁月的印痕之中，像那些水鸟在水面划过的痕迹，转眼便会消失一样。那些让人感到喟然的精灵在怆然的水面上不停地飞着或划着，我觉得那是一些我见到的最优秀也最转瞬即逝的作品。那时，我曾会一整天盯着那些在水面创作着绝伦作品的生灵的轻巧姿态，而现在它们不知去向，整个河滩陷入一片死寂。没有鸟儿的河滩和河面是难以想象的，而且即使它们还以同样的方式飞翔，我不知自己还能不能用一整天的耐心去观看它们的飞行表演，还有没有一双可以辨识出它们的眼睛。时间让我粗糙起来，让我不能持续关注同一件事物。我羡慕那些飞走的精灵，它们可以用逃走的方式回避灾难，而我却必须在这里，和那些被废弃的船一样，我只剩下凭吊。每次去都是对自己或时光的凭吊，我看到一次次像蜕皮一样死亡的自己。现在来到河边，发现自己已经没有任何东西可以死掉了。我知道，自己遇到了真正的死亡，这是河水一次次告诉我的。空悲切的遗恨已经让我没有勇气去回忆往昔岁月。现在我不得不承认，我们在河边划过最失败的痕迹，在草率、匆忙和潦草之中什么都没有留下。时光应该比流水更加无情，手起刀落之间，那些时光仿佛在这个世界上从来不曾存在过。时间的残酷甚于一切流水刀光的寒冷。

原先一直是去旧城的河岸，因为那里保留着民间的古朴，后来它被传说中的现代性与后现代性破坏得不成样子后便不想再去那里。这样，那里好像可以永远保持我记忆中的样子似的。后来更多的是去董口渡口，那时那里的湍流尚未给现代工业留下更多的余地，但在去年这里也终于修上了浮桥。现实再一次让我明白，河水的激流无论如何都无法阻挡欲望滚滚的人心。不过，还好，那里依然有被一片被激流撞出的开阔，尚有被流水洗白的石头和犁进水里的堤坝、周边的树木以及庄稼。历经改道的黄河在这里转弯，从正西方一头撞过来，被这边密集的堤坝阻挡住，转而向北一路奔下，这样再转几个弯便到了下游的旧城渡口。我喜欢流水的这种气势，觉得流水就应该是这种样子，而不喜欢下游旧城渡口的平缓，尽管那里水面开阔，可以在空空的河边散步，也可以到浅水里去洗一下脚或手。坐在坝头上，看那种黄河之水天上来的感觉，水源源不断地从远方流过来，好像是一种来自地心内部的力量，撞击在脚下的石头上，感到力量像电流一样立刻从脚底向全身扩展。这样的景象可以让人在那里坐上一整天，从白天到黑夜降临，看流水从刺眼的银白渐渐变成混浊的低沉昏暗，消失在时间光影的漩涡之中，只剩下汩汩流水的声音与星空相伴……

这里是有名的黄河险关，每当洪水来临，河里会掀起像房屋一样高的波涛，把水抛起来然后狠狠摔碎。这时，黄河会变成一个最辛勤的耕作者，巨大犁铧翻起浪涛，一路耕作绝不回头，转眼已是良田千顷。这时，堤坝上便会驻扎成千上万日夜防守的防汛主力。那是最能展现黄河性格的时间，一切在它面前都显得微不足道。看着黄河两岸堤坝之间的洪水，真有一种千里黄河大堤转眼便会被冲溃的错觉。我曾和一位同学在这样的夏天沿着快要漫出河道的河水行走。这头发疯的野兽不停地向我们撞击过来，

脚下的堤坝在微微颤抖，河水不时溅湿我们的衣服，河水的清凉一直透进心底。那是一次愉快的夏季河边之旅，后来才明白，这是一次可遇不可求的机遇。我再也没有遇到这样愉快的旅行。后来上游修了用以防洪的水利枢纽工事，那样的大水也就很少见到了。而越来越多的枯水期，只能给人一次比一次沉重的失望与沮丧。我不知道河里原先蕴聚的那些惊人力量哪里去了，但我不相信它们会一下消失。

这样的沮丧也已经好多年了。我一次次坐在堤坝上凭吊原先那条死去的河流。记得那年第一次来到董口渡口，我顺着一个堤坝冲下去——我以先前旧城黄河平缓区的堤坝为经验，一块石头被我咚地蹬下水去，我差点儿被滚滚的黄河掠去。这时我才知道它是如此湍急，河面藏满潜流的凶险面孔。而转眼间已将近20年了，我再也不能见到那样充沛旺盛的河水了。

谁说现在已经是春天？看一下眼前依然荒凉的河岸，只有小草蔓延河边的孤寂。除了干枯的河滩就是龟裂的土地，枯水期的黄河像一个骨瘦如柴的孩子，已经缩到河道的最里面，暴露出一部分供我们行走的河道。更让人触目惊心和心如刀割的是静止的水面上已经开始出现肮脏的污染，而这些肮脏在近年越来越多。这样的痛心疾首已经成为我走向黄河的一种心理障碍。让一条河流变得如此破烂或布满伤口，是一种耻辱；而在这样的河边行走让人感到更多的则是心碎。我们和孩子们一起沿着河岸行走，久居城市被现代烟尘污染的孩子发出一声声兴奋的尖叫，他们在河边跑着叫着打着水漂，甚至翻着跟头，我想有一天他们会以自己的方式像我一样向这条河献上内心的祭奠。我不知道这里还能盛下多少欢乐而非泪水，也不知道为何现在每次来这里都更像一次凭吊与祭奠，难以分清是对河的、还是我自己的，或许我过早进入了人生的祭奠期与挽歌期，就像这条河提前进入了老年期一样。不过还好，至少暂时可以在宽阔的岸边透一透气，让偏于一隅的憋闷暂时得以释放，然后回到更深的无法呼吸的深夜、更深的无法呼吸的人间浊流中。那里，我们每个人都像一条缺氧的鱼被整齐地码放在指定的格子里。看着那些奔跑的孩子，仿佛忽然会有一只手要把他们揪起来，放进他们应该被放的位置，孩子连挣扎都不再挣扎一下，顺服地被放置在那里，或许他们必须从现在开始学着适应格子里的姿势。他们似乎已经忘记了奔跑的正确姿势，在河边留下一片歪歪斜斜的脚印，留下一片脏乱。我们只能这样留下自己的踪迹，这些世间的自大者与狂妄者除此之外好像没有别的本领。没有什么比我们更孤独，那是一种与黄河和万物对面不相识的陌生。

最后，来到我最不愿意去的浮桥上，人们纷纷与黄河合影留念。虽然可以站在流水之上体验那种逝者如斯的剧烈疼痛，我却只想尽快地离开，能多快就多快，一分钟都不想停留——我不想看到我们以我们的方式伤害着黄河。我不是一个反对现代文明的人，但现代文明的一些方式的确让人难以接受。比如给人带来方便的浮桥让几千年的渡船彻底告别历史舞台。站在桥上，脚下奔流的河水，只能让人感到时光流逝快得令人痛心疾首，甚至让人连停下来想一想的工夫都没有。好在时间已经不早了，坐着现代化的交通工具飞速离开黄河之上的浮桥，我甚至不想回头望一眼留在身后的黄河。

回到小县城里找一个地方吃饭，把自己灌醉，然后下午去看城西那些尚未盛开的桃花——它们正在那个小村周围含苞待放。它们的美丽甚至与小村和观看的人们无关而直指其经济价值，我不知道这是不是一种观赏者所要面对的尴尬。

那个下午，张巴赫和我的收获是捡拾了一些剪枝人掉在地下的花枝，回去插在水里，第二天居然开了很多！

桃花在城西三五里之外一个叫胡窑的村庄。去年陪一个写诗的朋友到那里看过一次桃花。他是来向我告别的，诗歌与爱情让他只能退向冰雪覆盖下更远更纯粹的北方。此前，那里曾举办过几次桃花节，我没有兴趣去看，因为我一直没有看花的经验。那次我们决定去看桃花。我们坐在附近村民的三轮车上，穿过低矮阴暗肮脏的老城区。那些昔日风光的建筑如今一片破败，它们低矮而无声地沉默着。今日的落魄和昔日的喧嚣延伸到记忆深处，那些热火朝天的场面仿佛从来没有发生过。而城里的破败竟与城外惊艳的桃花相对峙，没走几步仿佛两个世界，这样的反差让大脑有些反应不过来。

我们去得正是时候，桃花处于盛花期的灿烂之中。村前村后盛开着密密的桃花，三月被熏醉在房前屋后。我们坐在粗壮的枝丫之间，被桃花所遮蔽，呼吸像桃花的花片一样透明畅通，每一根神经都像被澄明的雨水洗过一样。同去的三轮车夫和村民，两个本不相识的人很快便在桃林里攀谈起来，他们因与土地有着相同的距离而没有本质的陌生。和那些专门来看花的人相比，他们好像与桃花的气质更加一致。而他们的交谈内容也应该是桃花最愿意倾听的话语，因为与它们的生长有关。当我们迟疑地按照经济社会的规律问跟随我们的老人看桃花是不是收钱时，老人像桃花一样笑了。

老人一句话差点儿让我们惊诧地跳起来：怎么会要钱呢，桃花就是要让人看的！这不啻一声惊雷让我们这些充满世俗气息的经济或政治动物一下惊醒了。桃花开了就是让人看的，这样的话我以为永远遇不到了，我以为这样的时代已经永远成为历史。老人的背已经弯得几乎可以触到地面，然而却说出比桃花的盛开更有力量的话。我不敢相信在与小城咫尺的地方竟有这样一个类似世外桃源的村庄。老人不只这样说，他还带我们在桃林中观看，告诉我们这株桃树的年龄，到秋天能结多少斤桃子，那株桃树去年因结了过多的桃累伤了，今年的桃花开得相对较少，它要休息一下，这片桃林的种类和那片桃林不同，桃肉与桃核是相剥离的，也更甜美……这样的介绍让我们在桃林徘徊驻足良久，他的话让人觉得不仅有桃花一样的绚丽，还有秋后桃子的甘甜。最后看到三轮车夫有些着急回家，便一边与老人告别，一边用经济时代的大脑去运算若在城里这样一遭导游大约需要的纸币金额。然而，在桃林里，那些纸币暂时失效了。离开时，我们对那个小村很是留恋。被夕阳和桃花包围的村庄纤细而透明，远远望去像一朵盛开的桃花。工业文明和经济意识形态烟雾尚能在大地留下一片农业文明的空间，这在集体疯狂与高烧的今天不能不说是一个奇迹。

这次去看桃花也许是因为去年埋下了惦记，说是去看桃花，其实也想去看看那个生活在桃花丛中的村庄。对我来说，这更像一场令人敬重的大地仪式。我一直以为环境和事物有一种能够修改人性的作用，被桃花环抱的人们自然会有趋向人性的善与美的本能。人们总认为桃花桃枝能够辟邪，其实大概是因为它们是世上最美好的事物之一。这个只有三四百人口的小村一年四季被桃树等簇拥着，想不变得善良也应该是一件有难度的事情。从村里走过也能感到小村有一种像盛开的桃花一样的生命本质，它以最自然质朴的方式向这个世界呈现。

前几天，曾因惦记今年的桃花我先去看了一次。那时杏花正在如雨一般飘落，它们似乎要以自己的隆重退场来迎接桃花的盛大登场。我觉得或许只有桃花开时世界才真正距春天最近，世界的惊艳之美仿佛就在所有桃枝无声炸开的顷刻之间，只有这样的绽放才更惊天动地，大地仿佛啪的一声打开了。

远望和冬天一样枯燥的桃林，近看枝头已经挤满一个个花苞，它们已在树枝上缠满了一串串爆炸的信号。遇到的村人详细为我推算着花期，用的是古老的二十四节气计时法，而非与大地体温没有关系的公元历法。他们最后得出结论，今年因为节气早的原因桃花相对要比去年早一些。回来决定选择这一天陪张巴赫一起去看黄河与桃花，他应该早一天见到它们。

桃林已经有一些桃花绽放，密密的花朵缀满树枝，像结满的一串串葡萄缠绕在空中的清新花香里。桃花把所有的力量都用在花瓣上，这样的迸射给周围的空气带来纯粹。几乎透明湿润的空气对那些久经烟雾折磨的呼吸系统有绝对的保养作用，走进桃林的一刹那，呼吸会立刻变得顺畅平衡起来，那是桃花在用自己的方式润泽备受摧残的肺部与呼吸道。然而，让我难受的是人与桃花的迥异与陌生，我们以自己的方式表述自己的感受，这些以自我为中心的主体欣赏者没有想到身边桃花这些被动者的感受，这也许是现代文明精神的特征之一。人们在桃林里只顾自顾自地表达肆无忌惮的暴力美学。在"感时花溅泪"的农业文明精神特征里，人们最大限度地与精神客体的统一，是现代人无法达到甚至无法想象的，那种物我两忘的状态，我们也许永远失去了。其实，这是一种本能的丧失。那时人们追求与客观环境事物的合一与契合，而现在人们则意图挖出桃树来占有美，当下的人类以摧残美的方式占有美，自然使其在人类面前仿佛越来越微不足道、任意摆布。我曾一次次想如此强悍的时代怎么会容许一片桃花的存在与盛开。这一点我最终也没有想明白，也许这就是美本身固有的力量。也许明天工业文明会让这片几十年的桃林毁于一旦，但它无法阻止它们今天的兀自开放。在桃林里，我真正感到自己作为人类个体的猥琐，在那些桃花面前我觉得无地自容，人类其实的确没有多少骄傲可言。

我在桃林里漫步，像众人一样以一种骄傲的姿态行走。我不知道自己何时才能在这种分裂之中完成一种个体精神的救赎，人性两极的张力足可以把人撕碎。我知道这或许与人性的贪婪、自私与放纵有关，但我们依然不肯面对这些丑恶。桃花可以比照出这一切，桃花之所以能呈现出惊人之美大约与没有类似的人性之恶有关吧。与兀然独自开放的桃花相比，我感到自己矮小起来，甚至不如一片飘落地面的花瓣，以及一粒包容花瓣的泥土，我感到自己的卑微与渺小，这让我觉得人类自大得如此不可思议。在这样的桃林里，我甚至没有勇气想到自己的丑恶，因为在这样的桃林想这些肮脏的事情同样是一件令人无法饶恕的事情。桃花以自己的方式把来自人间的污秽分解溶化掉。桃林依然是桃林，桃花依然是桃花，它们在从容坦率中盛开出一片人间奇迹，喧嚣而肮脏的人世和它们没有关系。

在一片极其旺盛的桃林里，我们遇到一位桃花的主人在给那些桃树剪枝，桃树的旺盛显然与他的勤劳有关。剪刀细细剪下的带有桃花的桃枝是馈赠大地的最美好礼物，桃树因此将以最美好的姿势指向收获季节的低沉腰肢，剪刀以春天的删繁就简方式为每一株桃树带来秋天丰硕而压低枝叶的烦琐，时光魔法师的剪刀以岁月自己的方式提前在桃林里呈现。主人指着身旁的一株桃树给我们讲述关于它的一个传奇故事：那株不起眼的甚至将要匍匐在地的桃树，去年结出的桃子竟然超出一棵比它粗壮高大几倍的桃树。这在他看来是一个奇迹，在他眼里大概没有比这件事情更大的事件了。因为这件事情与他的辛劳有关，他叙述的语气充满谦卑的自豪——他因拥有这样一株桃树而自豪。他一边剪枝一边细致讲述他所剪到的每一株桃树的性格特征，随后把那些剪下来带有桃花的桃枝送给我们。不像那些恶毒的商人宁肯把自己东西毁掉也不肯施舍，而他则是发自内心的馈赠，这与土地的性质相同。如此丰厚的收获是我所没有想到的，张巴赫和我手里攥着一大把桃花，盛开的与含苞待放的，再三道谢后返回。我知道这是一次珍贵而隆重的馈赠，它们来自岁月与土地深处的默默奉献。张巴赫回家后立刻把它们插在盛满水的杯子里，死气沉沉的房间瞬间生动起来。

回到世俗生活的悸动中，桃花仿佛立刻变得遥远了，我又要陷入与那片粉红的云烟遥遥相对、令人窒息的现代烟尘之中。我害怕世俗的迷雾会压过那片纤尘不染的烟霞，与其他众多类似的去处一样，比如屡次去过的黄河岸边，它们曾是奄奄一息灵魂的救命地。瞥一眼那些在屋里和在桃林一样盛开的桃花，便会立刻充满力量。和黄河岸边的时光一样，我知道它们同样会一直在灵魂深处盛开，它们于我都有着惊人而相似的美丽。是的，黄河与桃花都近在咫尺。我因此而感谢这些来自上帝的馈赠。

# 鄄城和黄河之间的村庄

桑庄是处于鄄城和黄河之间的一个村庄。我想象不到自己会和这样一个村庄有任何联系，但这种联系的确存在着。比如，20年前春日里一个晴朗星期天的上午，我骑自行车到黄河岸边去。刚出鄄城还未到城北的梁堂镇，一个看上去70多岁的老太太朝我招手，说要搭我的自行车，她说她家就在桑庄。这是我第一次听到桑庄这个村子。按照这里已经变异的民风，我本不该让她坐我的自行车，据说有很多看上去年老体弱的人经常以搭车为由讹诈过路者。但这并未阻碍我请老太太坐上自行车，老太太上来后很感激的样子，说已经拦了好几辆自行车但他们都连停都没停。到桑庄后，老太太指给我她家的位置，让我去她家坐一会儿或者吃午饭，我婉言谢绝。我要赶到黄河岸边去，我总是过一段时间就要到那里去一次。就这样我不只记住了那个村庄叫桑庄，还知道那个老太太有四个儿子一个女儿。老太太告诉她的家很好找：靠近公路的村西，门前有一棵老桑树。

从离开桑庄的那一刻起，我以为自己和这个村庄此后不会再有什么联系。但前些天，我去黄河岸边参加聚会，遇到了一个乡村青年。后来他忽然给我打电话说他遇到了一件麻烦事，看我能否去他那里看一看。我问他在哪里，他说他是桑庄的。这时我才

忽然朦胧记起关于带那个老太太回到的那个村庄。更令人惊讶的是，在他家里竟然看到了二十几年前见到过的人。我曾在另一个场景里见过那个小伙子的爷爷，另外几个人我也同样见过。通过询问才知道，桑庄原来是我们这里最早做木材生意的村庄，这个村里的人大部分依靠每天走街串巷到方圆几十里甚至上百里的村庄买成年的树木，刨下来然后再整体卖出去。我一直觉得这是一个值得景仰的职业。那些人出去买树时骑一辆破旧自行车，只带一把尺子，一路下来交上一些订金，生意便算做好了。然后带人、车辆、器具等去把树刨回来。一般他们只去三四个人，但他们干活却出奇的麻利，一棵在别人看来无处下手的高大树木，他们三下五除二便放倒装车了。看起来要好多天才能完成的活儿，在他们也就是两天，很少有超过三天的。我觉得他们肯定知晓周围所有村庄的秘密，因为那些被刨去的树就是村庄秘密的一部分，这个走街串巷的职业在我看来多少有些神秘色彩。我之所以认识小伙子的爷爷、父亲等就是因为他们这个职业的缘故，因为我家院子里的树卖给了他们，他们来刨树时我和他们聊过天。他们用了两天半时间刨走了院子里的树木。那几天母亲每天中午做好饭给他们送过去，有时他们会喝一点儿酒，因此我记住了那些面孔。当我再次来到那个叫作桑庄的村子，在见到他们的那一刻我立刻认出了他们。他们也高兴得合不拢嘴，一副很有成就感的模样。小伙子的爷爷年纪已经很大了，他曾是那伙人的领头人，说起往事他开心极了，浑浊的眼睛闪出点点亮光。

但这次和这个村庄发生联系却是因为一件不愉快的事：小伙子刚结婚三个月的媳妇，因为和夫家人及环境不和，回娘家再也不回来了。小伙子说，他已经和村里人一起去叫了十几趟，也没有把媳妇给叫回来。他问我有什么办法。

　　这类事件在我们这里的乡村十分普遍，我经常见到一些不回婆家的媳妇。这可能是我们这里出嫁的姑娘唯一可以使男方家庭彻底妥协的方法，不然它不会如此普遍和盛行。这大都是因为双方婚前接触不多缺乏了解，婚后女方忽然对男方产生了极度的反感和不满所致。但大都经过找中间人的调解方式反复几次、十几次最多二十几次磋商差不多就解决问题了——在这样的磋商中增进了了解，使性格磨合得以顺利完成——最后回家过日子。一般很少有真正想离婚的，如果那样的话是没有多次磋商余地的，有经验的中间人——乡村叫作明白人——一看便明白怎么回事。

　　前几年三叔家儿子的媳妇也是在一次回娘家后再也不回来了。三叔派人去了几次都没有商量下来，后来竟然把三叔急得哭起来。再后来村支书费了九牛二虎之力，答应女方的一切条件后终于把女方给接回来了，高兴得三叔和大爷连夜摆了宴席——此前因为调解不顺大爷和女方的父亲当面吵起来，大爷再也不敢去女方家里，最后才换了村支书。大爷答应只要能把人叫回来，他情愿赔上一桌酒席。这样的事情一般无外乎两个因素：一是女方的父亲（母亲占极少数）一定不是乡村朴素老实角色，一般会觉得自己特别有能力；二是因为乡村有限的物质条件，谈判大都围绕一些物质利益，比如要给女方买一辆自行车或者要两只羊羔、两包棉花等，最大限度也只是分家之类的事情。后来我才明白，这是乡村特有的一种被动交流方式，人们习惯于采取这些相对比较强硬而又生硬的方式来解决问题。但好在大家都已经像契约一样习以为常，似乎并不怎样影响感情，这是一种乡村默认的交流方式。此前，我对这种交流方式可以说既不了解，也不习惯，更谈不上理解，一直很难进入他们那种状态之中，甚至感觉有些不可思议。我一直在想他们为什么不采用一些相对比较恰当的方

式，但现在才明白，他们认为这就是解决问题最恰当的方式，与他们的性格相匹配。

桑庄给我打电话的小伙子叫果子，是一个直爽而浪漫的独生子。他之所以想着把女方接回来，一是因为和女方有一些感情，小伙子十分憨厚而重情谊；二是果子怕因为离婚而被村里人瞧不起。第一次他和爷爷去没有叫回来，后来又去了几次依然没有叫来。他便请村里大队的干部帮着去叫，但依然没有叫来，女方的父亲反而认为这让他在大庭广众下丢人了。后来又请一些人和女方的亲戚去，也没有叫来。本来可能只是性格不合，但最后女方的父亲要求男方的父母上门赔礼道歉。这在乡村是一种特别重的礼节，也是对男方最大的羞辱，果子最后也答应了。果子父母最后的上门道歉还是被指没有诚意，女方依然没有接回来。果子最后给我打电话，让我帮着想一想办法。其实他并不知道我不只对这种事情没有任何办法，而且我对任何事情都没有办法，去那里对他只是一种心理安慰。

去那里问了一下小伙子家里人的意见，果子的母亲说着话眼睛已经湿润了，而且还晕倒过两次，看来的确感到了为难。他们家里人纷纷声讨女方家庭如何过分、如何没教养，即使他们上门道歉也依然不放过，不只恶语相向，而且造谣诽谤，男方家里已经忍无可忍，决定放弃这门婚姻了。只是小伙子仍在坚持他认为可能挽回的亲事。中间人也说，对方没有表现出想离婚的迹象，说是工作做好了事情是可能挽回的。我告诉果子家里人这件事情必须尊重果子的选择和决定，这件事情处理好的前提是必须摆正各自的位置。这样商量了几个小时，男方决定再一次让步，和中间人一起去把女方接回来，怕最后女方不跟着来，临时找了几个妇女跟着见机行事。中间人留我在那里继续做一下果子父母的工作，女方回来后也好有一个好的氛围。果子坚持让我跟着去，我说女方会因为有生人去反而把事情弄砸。果子最后只好作罢。后来总算连拉带拽把女方接回来了，但她不吃不喝，男方的母亲再次赔礼时被抢白了一番。那天我等到深夜才从那个叫作桑庄的村子回来，因为天太晚已经等不到回来的车。在用农用三轮车送我回来的路上，果子父亲——一个憨厚的乡村汉子终于忍受不住爆发了自己的所有不满和愤怒。他几乎咬牙切齿地述说了一路——之所以在路上他能放开自己，是因为在家里他不敢有任何不满表示，他害怕会被其他人抓住把柄，路上一吐为快之后才有些痛快地回去了。

　　第二天下午，果子又打电话来，说女方的父亲以结婚第一年女方不能在男方家过八月十五为由把女方接走了，问我怎么办。我说你明天去把她接回来不就完了，明天你一个人去就可以了，不用买礼品。我问他与女方沟通得怎样，女方到底想要怎样，他说女方想要一辆自行车、一个手机和衣服等用品。第二天下午，果子把女方接了回来，女方坚持要他答应买电动车，不然就不吃不喝又哭又闹。果子又一次打电话问怎么办，我说你可以答应给她买，但要等气氛缓和之后才行。但最后果子没有抗住女方的纠缠，便带她到鄄城花 1850 元买了一辆电动车。今天下午，果子又一次打电话来，说给女方买了电动车后，女方立刻骑着电动车回娘家了。昨天他去接时，她却无论如何都不回来了，问怎么办，并说实在不行就离婚吧，他觉得女方有些像是在诈骗。我没有告诉他这的确是一种诈骗，不只是诈骗物质，更是诈骗感情和精神，女方很显然是欺负果子朴实善良，这其实已经是一种玩弄了。果子告诉我女方从 17 岁开始便到广州东莞去打工，已经 8 年了，并且要求果子允许她再出去打工一年。村里其他人说，前些

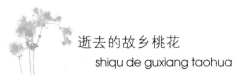

天女方因患妇科病去医院治疗时，医生第一句便问她以前是否流过产，女方否认后医生说没流过产怎么会这样。

也就是在那次看病之后，他们之间的关系开始恶化起来的。还有一种说法，说是女方经常接打一些长时间的电话，50 元钱的卡一天就会打完，有一次竟然通话时间超过了 3 个小时，这可能是果子家里人不想再坚持下去的原因之一。果子父亲说结婚不久，女方就想把果子唯一的妹妹以及父母赶出去。果子家里的经济条件不错，房子是村里最好的，还有一个小商店。他们认为女方想独霸家产钱财。果子最后告诉我，村里人包括那些中间人都对女方的看法发生了转变，认为女方已经没有继续过日子的心思了。

我觉得事情变得严重而复杂起来了，告诉果子不要着急，最好找一下教会里的人，看有没有更好的办法。果子过了一会儿说已经和教会联系，说让我明天也去他家里一起商量一下。第二天，我只好又去了那个叫作桑庄的村子。教会里的人吃晚饭时打电话告诉我，果子表示如果是主的试炼他无论如何都要坚持，如果不是主的旨意离婚之后无论如何都要在教会里面找对象，否则宁可一生打光棍。教会里的人说果子的表现还真不错。我们约定第二天上午 10 点到达那个叫作桑庄的村子。

我 10 点到桑庄时，教会里的人已经在果子家里听果子母亲说事情经过，大体和前几天去时对我说的差不多，说她怎样对儿媳妇好，把儿媳妇请回来后自己又怎样赔礼道歉和做饭送饭，不只没有得到尊重反而如何被抢白的。果子的母亲明显比我上次去时要疲惫得多，眼睛里一直含着泪花，看上去一副经历了很大难处似的沧桑模样。果子父亲说她又晕倒过一次，能够感觉到她十分想让这件事情一下跨越过去，像一个被一条大河隔断去路的人一样，她的眼前似乎一片茫然。本来打算和教会的人一起去女方家里一趟，考虑到并非礼拜日而且有可能起反作用只好另择时日。中间，果子母亲进进出出地做饭，脚步沉重迟缓让人有一种压迫感。

一位教会里的老大姐从始至终一副悲苦的模样。她耐心倾听着果子母亲及其家人诉说着痛苦，一边叹气一边满脸悲戚。对果子母亲及其家人，她充满着同情，好像那些述说的痛苦烈焰在她心上重新滚过一遍一样。她对他们说着同情与安慰的话，她希望事情在这个层面上快点解决。尽管知道果子父亲已经伤透了心非常不愿意维持这个婚姻，她还是对果子父母说，儿子长大以后，首先要离开父母，与妻子联合成为一体，永不分离。只有离开父母才能与妻子成为一体，不然就永远不可能和妻子联合。她的意思是要果子父母不要感情用事，儿子已经长大，做父母的必须舍得放手，给他独立的机会。她说自己的两个儿子现在还没有谈女朋友，但她已经做好准备——为他们一人买了一套房子，儿子结婚后一天也不把他们留在自己家里，不对他们的独立生活有任何阻碍。这个奔跑于黄河两岸几百里传教的普通乡村妇女，她的村庄就在黄河岸边，大水来时围困她的村庄，她和村庄的其他传道人一起划着小船出去讲道。农忙期间和丈夫一起做田间的农活，负担着这里大小几十个教会，已经十几年如一日。她长久沉默的表情里藏着类似基督的悲苦——那是一种为人间的愁苦所揪心的样子，只有真正牵挂别人时才会有的一种复杂表情。我知道，她在内心一直不停地在为这家人祈祷。她说了一句在我看来最为有力量的一句话：除了两件事，我来这里做不了什么，一是倾听他们心中的痛苦，二是祈祷神来安慰他们。她把这一切都交给了她所依赖的基督。

## 逝去的故乡桃花
### shiqu de guxiang taohua

　　果子的父亲——一个吃苦耐劳的乡村汉子像一个受了伤害的孩子一样，气愤地向我们诉说着他的委屈：他曾经在送木材的路上被车从腿上轧过去，命差点儿没了。和弟弟一起苦心经营十几年的木材生意最后被弟弟连本带利全部坑走；这个汉子，一声不吭地又一次白手起家，建起全村最好的房子……他几次翻起衣领让我们看被勒出一片片黑色瘀痕的肩膀。几个月来，家里发生的事情把这个老实的汉子吓坏了，他觉得所发生的一切都是他无法理解和无法原谅的。他害怕自己半辈子的家业就这样败落，它们连着他的每一根血管和神经。但他依然能够承受儿子因痛苦而扔向他的家什，他说儿子差点儿把他的腿砸断了。他像一个刚从噩梦中惊醒的人一样颤抖着说着只有梦里才会发生的一切。他几次说到要离家出走，说已经找好了地方——到安徽一个亲戚废弃的院落里住下，然后继续做他的木料生意。他说实在不行，他会一头撞死在家里新建的墙壁上。他惊恐地告诉我们，不是当时有人在跟前照顾及时，妻子早就完了。从他几乎语无伦次的诉说里，家里发生的事情已经超出了他乡村伦理的经验，他感觉不可思议。但就是这样一个说着狠话的汉子，儿媳妇一来，不仅立刻哑口无言，而且慌张无措不停地跑里跑外，哪怕为此遭到训斥也心甘情愿，他只想能够得到儿媳妇一个笑脸，哪怕半个！他说如果不闹的话，这小日子过得像蜜罐似的。但目前的事情阻碍了他蜜罐似的梦想，他决定，宁肯放弃也不要这种梦想了。他告诉儿子，扔掉娶儿媳妇花掉的三五万元钱，几个月或半年后他会给儿子再挣回来，然后娶一个更好的。他的世界观大致和他每天的生意性质差不多：一棵树多少钱，不行，就再换另一棵。看来，儿媳妇的事情超出了他每天做生意时的生活经验和价值观——他多么想把这件事情变得像一桩木材生意一样简单，那样他相信自己有足够的智慧和能力去应对——不用别人，三下五除二他自己就能把事情处理掉，不像现在，他几乎请遍了能够请到的人而于事无补，所以他宁愿就此罢手。

果子又不停地在院子里打电话。只要妻子不回来，他就坐卧不宁，不停地拨电话。他说女方说昨天回来，昨天却没回来。说是去姐姐家走亲戚因天气不好没去成，要过一天才回来。可是现在已经下午 5 点了，应该回来但还是没回来，他要不停地打电话，不然他就会发疯。他在电话里和自己的妻子纠缠着，几乎哀求但又气急败坏，一筹莫展，连一个回合也坚持不住便败下阵来，然后接着再打。这个天真善良的乡村青年用自己所有的真诚来挽回婚姻却又无处下口，他只有用最笨的方法来感动对方：他一次次让步满足妻子和岳父岳母的要求，一次次让对方伤害自己，一次次让自己的父母向对方道歉，却又找不到真正应该道歉的地方。比如妻子说母亲的脸色难看，他便立刻告诉自己的母亲，你的脸色难道不会好看一些，但他忘记了母亲的脸色几十年来就是如此，从来没有过变化；比如妻子说他们家里欺负她，小伙子就认为家里人欺负她了，接着就会朝家里人大吼大叫，他忘记了母亲刚刚做好饭，一边道歉一边把饭端给妻子……可怜的小伙子已经被弄糊涂了。他不停地打着电话，重复着几句简单近乎绝望的话……它们从院子里传出去穿过高高的树木消失在高而远的天空中去了，仿佛他的痛苦一转眼便被淹没并消失了一样。

我们整整在那里待了一天，几乎说尽了所有安慰的话，但依然无济于事。只有为他们祷告这一件事情可做，最后只好和他们挥手告别。

现在，村庄四处长满了具有经济价值的树木，我甚至不敢想象村里还有那位老太太所谓的桑树。如果真正见到它，我一定以为是遇到了奇迹，我最终没有打听那位老太太的下落，因为我怕失去那些话语与想象中的桑庄。果子家院子外面垛满了一堆木材，但都是一些与桑树无关的树木，它们转眼会被倒卖到另一个人手里，只要有一个好价钱。我没有走到村子里面去，与残酷的现实相比，我更愿意它成为传说，所以我不能如此自私地去打听它的下落，而更愿意那位老太太现在拥有子孙满堂的幸福，如同昔日被桑树笼罩的桑庄。我与这个村庄只是一种一厢情愿的形而上的关系，但我觉得它任何具体现实都真实，我仿佛触到了那一片片肥厚的桑叶及其纹路清晰的叶脉，它们在默认里被一阵阵蚕食的声音所吞没。村庄曾在这种沙沙声中幸福如雨，即使最大的鼾声也无法穿透厚厚的层层的墨黑树叶。这样，让我感觉自己更与它息息相关。

而且我知道，痛苦来自被我们卖掉的树木和村庄。

# 听不见河谣
—— 黄河笔记之三

我决定到谣村去寻找那支淳朴的河谣，这个时候只有清凉的她能够救我的命，我已经被折磨得奄奄一息。九月的天空晴朗无云，我带着一只洗得发白的帆布军用提包与一只空罐头瓶和一根破烂粗短的打狗棍，在一个晴朗的午后悄悄出发。在不远的一条土路上我遇到了那个人。

我经常在这条河流周围出没。有时油菜花黄灿灿地开遍两岸我便来到这里。我知道对岸的油菜花们也在向我频频招手，我如约来到河边。河水很静而且近岸很清，河面上哪怕很细微的声音都能像丝一样从水里抽出来缠绕在透明的阳光里。我知道这条河流颜色和我的肤色一样，是中国北方很有名气的一条河流，人们都管它叫黄河，这种现象也只有在上游旱季的春天才能出现。

事后，我知道陌生人的名字叫驴。驴义着手说：我知道你是去谣村捉爬蝉。我问：你怎么知道？他说：因为你拿了一只空罐头瓶。我说：难道我不能用它喝水吗。驴忽然拽着我的一条胳膊说：能不能让我跟你一起去？我说：不行。驴冷笑着说：你难道

逝去的故乡桃花
shiqu de guxiang taohua

不怕我告密？我想了想说：那走吧。我不想让我的计划在我刚出发时就被泄密，这样我的一切就要破产了。但是我不能让他知道我去谣村寻找什么。

　　我感到来河边的人们心情并不轻松。也许他们也是为了寻找，让沉重的心灵在这里释放一点儿重负。或许他们想走到河的深处去，却又一直在河边徘徊。我看到这些河边的人的背影里都写满沉重的韵脚，我似乎看到这条河的背影。我的一滴泪硬硬地砸在一条破旧的船上。

我在河边徘徊思忖，我觉得我被自己的想法吓坏了。

我和驴结伴而行了四五天仍没有赶到谣村，我觉得我们一定是迷路了。我们问过的三四个村庄的人都摇头说不知道有这样一个村庄，我感觉我们一定偏离了方向或者背道而驰了。

　　在河边发现一对行踪可疑的人是在一个冬日的黄昏。河滩上连一只羊都没有，冬日的太阳在落尽树叶的柳林里下沉如猩红的静物，浅滩的水被染红了。河流像有人耕耘似的翻起一道道波浪，发出马达一样的轰鸣。河边早已晒干的淤泥龟裂成一道道深刻的皱纹。低洼的地方晒起一片片地皮，看上去像枯萎着满洼的莲花。我快要融进这片河景的时候，两个人走了进来。或许是一对恋人，他们一前一后走着，在河边停下来，用河水洗脸。然后便在河边一直徘徊，徘徊……谁都不说一句话。过了很久，他们仿佛通过一项决议，男的踩着那片莲花洼地径直朝河边走。眼看就要走进河水的时候，女人忽然说："或许还有办法。"

去谣村的路我是很熟悉的，怎么会迷路呢？我忽然想起，一个黄昏我和驴在一个十字路口发生了争执，这时刮来一阵狂风，我的眼睛被打得睁不开。我被驴拉着跌跌撞撞地胡乱走进一间小屋，从那间小屋走出来后，我便迷了路。

以后的几天只好漫无目的地游荡。一天，我们走进一个村子后，驴忽然大声吆喝起来：谁卖王八乌龟蝎子臭虫？谁卖王八乌龟蝎子臭虫？谁卖王八乌龟蝎子臭虫……我扯了驴一下，驴若无其事地继续吆喝着朝村子里走去。我只好追赶上驴说："我要去谣村，不是收购王八、乌龟、蝎子、臭虫。"驴仍然对我置之不理。我只好独自来到一座破旧的院落，这座破旧的院落里坐着一个老女人。我一下怔住了：这不是我要找的唱过歌谣的老太婆吗？我赶紧说："您曾吟唱歌谣？"老太婆看了我一眼，突然大声叫喊起来："日本鬼子进村啦！日本鬼子又要妇女唱小曲啦。"我摇摇头离开村子，身后老太婆的叫喊却像一支婉转的歌谣。这个老太婆已经疯了。

我第二次在河边遇到那对恋人是在一个夏日的午后。河就是人们归宿的想法一经产生，便占据了我思维的主要领地。这种想法促使我不得不在炎热夏季的午后来到河边。这是一天当中最热的时候，河水早已在汛期之前把河槽注满，闪着白花花的光，如同一个庞大的怪物喧嚣着把整个河岸抛在后面，咆哮着奔流而去。农夫正赶在河水出槽之前把最后一场小麦打完，石磙与木框摩擦的声音吱吱咽咽地从河边的打麦场上钻出来，弥漫在河边的天空。男人走过来对打场的老头说：我能喝一口凉水么？老头说：喝吧。他用粗瓷碗从水缸里舀了一碗喝起来。他喝水的样子和我第一次喝这条河里的水时

一模一样。他先品尝一口后，就猛然大口大口喝起来。喝过水，他把碗放好继续沿着河边向下游走去，逐渐缩成一个微小的黑点。在我燃完一支纸烟之后，空旷的河边出现了那个女人。女人一边走一边张望着进入我的视野，也许是怕热，她把一条手绢包在头上。

我想手绢一定是湿过后又包在头上的。女人急急地追赶。女人的招手被男人看见的时候，男人手里已经多了一只受伤的鹬子。男人是在路过一个臭水沟的时候捉住那只鹬子的，正是这段时间女人追上了他。接着，两个黑点重合了。他们忘我地品尝着如同青草般从口腔里散发出来的清香的时候，也许隐约听到一串密密的客船的马达声音，把他们从梦幻一般的境界里惊醒过来。

他们错过了那条开往彼岸的客船。他们从渡口回来的时候抱着那只受伤的鹬子。他们从我身旁经过的时候神色很复杂。后来，我知道那只鹬子死了，是他们送人后被猫咬死的。他们当初对那家人说希望看到那只鹬子重新飞上蓝天。我不知道他们是否听到了那只鹬子死去的消息，也不知道他们得到消息后又是如何生气。

驴找到我时天已经黑了。我跟着驴回到那个陌生的村子，在一个废弃已久的院子里看到四麻袋王八、乌龟、蝎子、臭虫，我的神经像被蝎子蜇了一样。

九月的寒气在夜半时分将我弄醒，星辰透过破烂的窗棂看见我比它们更寂寥。我下意识地裹紧被子后，感到应该替驴把被子拉上或者拉下一些以免他着凉。我闭着眼睛迷迷糊糊地将手伸向旁边的时候什么都没有触及。我立刻坐起来，看到旁边空洞无物。我摸索着走近窗棂，借助微弱的星光看到驴的身影在废弃的

院落里熠熠生辉。驴正挥舞着两条健壮的胳膊将大把大把的王
八、乌龟、蝎子、臭虫塞进嘴里，黑水顺着他的嘴角流下来。我
惊讶地"啊"了一声，意识到自己的失态又赶紧用手捂住嘴巴，
但为时已晚，我清楚地看见驴的两道目光闪电般地刺向我的胸
膛，我昏厥过去。

　　我最后一次到河边是在暮春的一个上午，我和几个
朋友一起通过那座竹排似的浮桥来到彼岸，在河边做着
各种游戏。河上笼罩的气氛很宁静，好像延伸在天空下
一则平静的故事的开端。

　　我们正要离开河边的时候，天空忽然飘起了细雨，
这时我发现了那对年轻男女。他们已在雨中依偎着打开
了一把漂亮的花雨伞，如同一只飞舞的蝴蝶。我们赶紧
回去，在距离河边很远的地方我回过头去，透过迷蒙的
雨雾看到那雨伞依然开放在宽阔的岸边。我有种预感，
我知道雨下得再大他们也不会回去了。后来大雨封锁了
我的视线，那只蝴蝶便一直在我的眼前飞舞旋转……我
不停地问：他们还在河边吗？

　　明亮的阳光将我惊醒的时候，我发现夜里下了一场
很大的秋雨。这座院落唯一的一堵矮墙被雨水冲倒在
地，地面被雨水冲刷得干干净净，王八、乌龟、蝎子、
臭虫只只去向不明。整个院落像任何事情都没有发生一
样，驴也失踪了。

　　后来人们说，下游打捞到一对捆在一起的年轻男女
的尸体。我的思绪立刻如同一群蝴蝶一样上下翻飞，在
空中盘旋着，而我，仍独自一人，徘徊在河边。

逝去的故乡桃花

shiqu de guxiang taohua

# 无家可归

你唯有两只眼睛十分清澈。

那天的阳光很好。你光着屁股在门前跑。两个跑来喝水的女生疑惑地看着你。你不经意地瞪了一眼，她们便"哎哟娘哎"地跑开，嘴里叫着"鬼鬼鬼"。你得意地咧开大嘴无声地笑了一下，这是你不易磨灭且唯一的一笑。你挥舞麻秆似的胳膊支棱一下跑了。

驴说："谁不听老子的，谁他妈的倒霉。"你们便跟驴玩。

驴家和你家紧挨着。那年驴家种在你家房檐下的一株槐树死了，驴的娘便堵着你家的门骂个不休。

驴问你："上学为什么不叫老子一声！"驴正要大打出手，老师走过来把驴拧了出去。于是，放学的铃声像野医生的特大号针头扎在腚上。你打个哆嗦，心颤颤地走出教室。头上立刻挨了啪啪啪几巴掌，脆如驯猴的鞭。"×你祖宗，老师揍了老子，你还想好受？老子让你尝尝坐飞机的滋味！"驴的手又极漂亮地伸过来，一眨眼便亲吻到了你的耳朵，拇指食指夹住耳郭，无名指上顶，小指抠住腮，单手用力上提，你的两只脚一并踮起来，味道好极了。驴又在你脸上留下几道纪念，才撒手扬长而去。你说：

"驴子回家吧，你家失火啦，你爹烧死啦，你娘嫁我啦。"几道泪水滑下你的眼睛。

村前站着一大群人，你老子在那里指手画脚，像发表什么重大评论，只有最无能的人才这样。你便沿着路一直向北绕去。你老子立刻站过来对你招一招手："过来！"你见过人们经常骗一条狗走到近旁，然后用燃着的烟头戳它的鼻子。

你说："二狗子让我给他削铅笔。"你老子果断地说："过来！"你走过去把两条麻秆胳膊交给他。你感到屁股上立刻马蜂筑巢一般。你老子说："叫你妈的跟驴玩！"

吃过早饭，你围着村子转了一圈，仍去叫驴一起上学。

你和驴在麦地里奔跑，如兔似猪。

你奋不顾身地在麦地里狂奔，麦叶舒服地拉着你的小腿。翻滚，摔打，用嘴啃食麦青，绿的汁液顺着嘴角往下流，甜甜的，凉凉的，一直到心底。你拼命地咀嚼，翠绿顿时包围了你。你用头使劲撞击地面，立刻被很好的弹性推起来撞击一下，脑子里一片空白。你更加不惜力地向地上猛撞，田野里的声音比任何音乐都美妙。最后什么都不存在了，天地间只剩下你自己在狂舞。

你说你喜欢夜晚，漆黑或者抹了云彩的月亮的夜晚。然而那夜月亮很好，你却想在外面再玩一会儿。娘说："回家吧！"你说："不。"娘便开始追你，你在那块坷垃地里转了几圈，你娘便找不到你了，你向远处跑去。你听见你娘的声音："看你他妈的×还回家不？"你向夜色深处游去，如一条重返深渊的鱼，摆动几下黑脊的身子便不见了。

初春的第一个满月，你一直沿着一条沟渠走。你在拐弯处跳下去，摸索着在水沟里走了一会儿，然后爬上深沟向一片布满坟

丘的田野走去。你脑子里开始闪现一千零一个鬼的故事。然而，周围什么都没有，你很失望，扭头回来，月亮的脸很凄惨。你随便推开一家的院门进去睡了。你睡得很香很甜而且梦很好：老师的儿子带你去田野里偷瓜，偷了瓜又带你一起去洗澡，后来老师的儿子被人打断了双腿，一位漂亮的女生带你去看戏，还给你吃炒豆，她嫁到很远的村子……

月亮没有下去，偶尔钻出一两声鸡啼，四面一切都影影绰绰。你一个人来到学校，一个同学也没来，老师还在屋里打鼾。你抬腿便可翻过的院墙，外面是黑黑的田野。院里几丛树，树下是苍老的枝叶。一个毛茸茸的东西朝你走来。猫猫猫……你亲切地叫着走过去。你靠近它时它却溜掉了。早晨你一句书也没读。眼睛一直死死盯着窗外，可那只猫却一直没有再来。你想起家里那只误被耗子药药死又被你爹剥了皮的猫，那是世界上唯一属于你的东西。

你老子把你从自行车上放下来独自走了。你知道你老子又去揍你娘了。你老子经常揍你娘。你老子最听你奶奶的话，你奶奶说揍，你老子就揍。

这次也一样。

一群比你小许多的孩子牵着手拦住你的路。大点的孩子说："揍他没事。他不敢还手，要不找他家去，他爹准揍烂他。"你走过去拿着他的头朝树上碰了一会儿，感到乏味便走了。

你头上是毒辣辣的太阳，你在一片玉米地里钻来钻去。玉米地如一个方形蒸笼或者滚烫的棺材想把你像一只鸽子蒸死。你却可以灵活地穿钻其中，仿佛在一片凉爽的绿荫里，汗水顺着你的脸蚯蚓一般爬下来。这是你的领地。你跨过一条抽水用过的水沟，眼前是一块密密麻麻的红麻地。你一头钻进去，从另一侧出来时眼前出现一块瓜地，四周围着碧绿的玉米和红麻。你伸出手犹豫着掐断一条瓜蒂，缩进红麻里。一会儿你出来又摘了一颗，然后你满足地向深处游去。你仰望着天空，感觉太阳好像在上面闪烁。你麻利地用 13 根红麻做成一个摇篮样的巢，然后躺进去，零星的阳光从外面飞进来，四处迸溅。你听到外面呼呼的风声，你感到这里无比温暖惬意欢乐美好，你已经寻找了很久。你想睡觉，你不会想到将要发生的事情，连同你彩虹的梦与你温暖的巢。你睡得很好。

夕阳下，一对男女沿着田埂走进瓜棚，然后顺着看瓜老头的手指走进红麻地。你的耳朵被人拧起："妈的×，回家！"

你眯起眼睛。巢落在红麻间的青草地上了。

# 悲凉的告别

今天是最后一个晚上在这座房子里住——鄄城新世纪小区 11 号楼二单元三楼东户 301 室。转眼在这里已经住了整整 3 年，其间经历的事情让人感觉一言难尽。这 3 年对我来说是非常劳碌、辛苦和焦灼的 3 年，日子一天天苦下去，比搬来之前不只没有转好，反而更加糟糕了。不知道具体怎样变糟糕的，只是感觉身上的绳索一天天变多变紧了，几乎被压得喘不过气来。搬到这里来住，本来是想给孩子一个好的环境，但除了这种环境之外，随着孩子一天天长大，越来越愧疚于不能给他的成长创造一种哪怕稍微满意的条件，比如有买钢琴的钱、有给孩子请老师的钱等。这种感觉不是一般的难受。我觉得自己真是很无能，连一点儿谋生的本事都没有。这大概与自己好高骛远有关系，自己并不能真正扎扎实实地做些事情，而且凡事都有一些幻想。我知道这样的结果肯定会越来越惨。想一想这 3 年到底有哪些收获：孩子渐渐长大、家族破裂、做一些大而无当的事情等，大概就这些了。中间因为要交房租去过广州故乡网打工，去年曾给张炜打工。还有被一些芜杂的事情占有着，给自己的时间很少。有一段甚至每天坐在屋里空想，时间就那样过去了。这是 3 年前搬来时做梦也不愿见到的现实。

但在这里还是发生了一件非常重大的事情，对我来说没有比这件事更大的了——我信了上帝。我觉得这是可以抵得上一切苦难的。还有就是在这所房子之外遥远的地方还是有一些美好的幻想的。这些让这近乎死亡的生活具有了一点儿活的气息。这所房子对于我真是太一言难尽了，它让我真切地尝到生活的味道。

记得年初房东催把房子交回去，我到处找房子，就是找不到，四处贴了广告，一个回应也没有，那种日子真正让人感觉到了生活的耻辱，让我感到了生活穷困潦倒的滋味。那种悲凉很难用语言表达，但我还是感谢主给了我这一切，不是主的话我不知比现在更加糟糕多少倍，或者已经彻底完蛋了——我有一段时间精神紊乱非常厉害，而且一度害怕自己会患上精神分裂症。

我的确想从离开这个房子开始能有另一种生活，至少不这么悲凉。这要求告我的主。阿门。

**2006 年 7 月 2 日**

一场大雨将我离开这所房子的时间推延了。

很久没有见这样的雨了。日渐干旱的北方连地下水都难以抽出来的时间越来越多，连续几个小时的倾倒，与其说是倒地面上不如说是直接倒进心里，这个炎热的夏季一下像一张唱片放进好的音响器材上播放，一切立刻通透得整个世界仿佛不存在了。这让我想起十几年前的那些夏天的雨，人生仿佛刚刚开始，一切都像夏雨初歇后的植物油绿发亮，呼吸畅快，人量的氧充斥树木与草丛中间。那时，一个夏天总有几场这样的雨让人放松一下呼吸，可以有一些到雨里去的机会，但那时总没有珍惜那些雨。那时，有持续而充足的雨水供应，没有想有一天它们也会变得缺乏

逝去的故乡桃花
shiqu de guxiang taohua

起来。那些夏天的雨连同那些时光仿佛转眼便消失了。大地干涸起来，至少几年才能遇到一场这样的雨。

于是想冲进雨里狂奔，把内外浇透，也仿佛把往昔没有珍惜的雨一同捞回来。于是我就冲进雨里去了。从雨里穿行，道路已变成一条条流水的河。只有这时雨才是雨，人才是人。然后躲进混凝土做的房子继续虚伪的人生。好在有这样的雨，让人有一个变真实的机会。雨原来可以流进灵魂里去的。雨原来是可以使人和这个世界连在一起的。雨将大地和灵魂冲刷干净。

下午刻了这所房子的最后一张唱片——中国台湾风潮公司的童声。

2006 年 7 月 3 日

# 带张巴赫回家

前几天父亲来看张巴赫，等张巴赫练完琴赶到妹妹家时，父亲已经吃过饭走了。今天上午等张巴赫训练完乒乓球，带他回后张庄。一说回奶奶家，张巴赫就很高兴。我们到家时已将近下午一点，本来带着现成的菜回家，母亲却要再炒一个菜，说是要把昨天捉到的几只爬蝉做给张巴赫吃。但张巴赫不喜欢吃爬蝉，他已经几乎变得和泥土没有任何关系，他根本不知道爬蝉的美味。

父亲照例对我不满意，因为至今我既没有给他带来让他感到自豪的社会地位，又没有退而求其次地带来像样一点儿的经济收入。这对从那个饥饿年代过来的父亲来说，几乎是不可思议与不可饶恕的。父亲对我这样的不争气几乎已经到了咬牙切齿的地步。他觉得一个人在这个世界上，既不为社会地位，又不为经济利益，简直就是不务正业，这样的生存方式已经超出了他们那一代人的想象力。吃饭时，父亲说前几天遇到了后边村庄的刘西众，他现在北京某个报社工作，一个月拿四五千元钱工资。父亲的口气里羡慕得不得了。刘西众大约只有小学毕业，当过县里的农民记者，后来到处做媒体广告。这样的人在父亲眼里才是体面的人，我在父亲眼里则是最不成器、最不体面的。

吃过饭，到建香家里玩。村里人照例在他家的大门下面打麻将，今天打麻将的有三婶、向朝老婆、玉领老婆、建香老婆。向朝

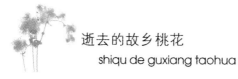

说明天要去北京，问我是否和他一起去。他要到在北京蒸馒头的儿子那里去送放假了的孙子，因为没有北京户口，他们只好把孩子送到村里来上学，假期里再把孩子接回去住一段时间。

后来和建香一起去怀玉家。怀玉上午和我父母一起拉耧给我家的玉米施肥。因为今天天气特别热，他们早上7点左右下地，衣服沾满了露水，9点半施完肥时，衣服已经被汗水湿透了。怀玉告诉我，昨天去桥头卖了一车麦子，卖了1500元钱，1000元用来买大门，500元用来买小门。我问他为什么这么早把麦子卖掉，他说累了，不愿意再存放了，几千斤粮食运来都是他一个人晒。怀玉又讲了一些他五婶骂他的事情，还说了一些昨天和前村赤脚医生庆华、联合媳妇正方晚上去县城夜市吃羊肉串的事情。已经快到下午4点，要带张巴赫回去了，便让他们到家里吃西瓜，继续说话。我们回去时，天已经阴得很厉害了，好在没有淋雨。

刚出村时，张巴赫猛然问了一个把我吓了一跳的问题，他问："老奶奶现在到哪里去了？"原来每次回家都要带他去看奶奶，奶奶老远就会迎出来，高兴地叫着张巴赫的小名，说让张巴赫过来让老奶奶看看……张巴赫在家里没有问一句关于老奶奶的问题，却忽然在出村时提出了疑问。我仓促回答说："老奶奶现在在地里。"张巴赫问老奶奶为什么到地里去了。我说："因为老奶奶死了就要埋到地里去。"

张巴赫问老奶奶还会活过来吗。我说不会了。张巴赫说把她扒出来不就活了。我说扒出来也活不了。张巴赫问埋在哪个地里了。我说埋在村西边的地里了。

晚上张巴赫弹完琴吃饭前又跑到我这里来问："埋老奶奶挖了一个很大的坑，是吧？"我说："是的，挖了这么大一个大坑。"我把两条胳膊张开在空中划出一个巨大的区域。张巴赫好像得到一个满意的答案一样去吃饭了。从张巴赫表情看，我感到他觉得这样的空间一定足够老奶奶用的了。

# 去看诗人食指

从北京上地到昌平沙河镇坐车大约需要 30 分钟。

五月的北京，天空依然变幻莫测。从出发到到达昌平沙河镇的时间里天空仿佛变幻了无数次，心情也随之变得沉重了。北京市第三福利院（其实是一座精神病院）便坐落在这里。被称为中国当代诗坛凡高的诗人食指（郭路生）寄宿在这里已经 10 年多了。当年，刚到北京第三福利院时，他亲手种植的树木现已高壮挺拔，一排排平房也已变成一幢幢高楼，而富于激情的他此时行动也已变得有些迟缓，第三福利院里的时空恍若隔世。

此次到北京，是陪刘烨园先生参加早逝散文家苇岸先生的周年祭的——也就是在去年这个季节中国散文界失去了这位敬畏生命的可贵写作者。其时，长期的写作、思想和耗费，也已经使刘烨园先生只剩下一副单薄坚硬的骨头和思想。苇岸先生去世时，他说北京的朋友们怕他的身体无法支撑，便没让他参加苇岸先生的送行与追悼活动。又是一次生离死别的追忆和缅怀。整整一周年了，他说他无论如何都要去看一看他的兄弟，还有此时仍在精神病院的路生。为了去看食指，特意把行程提前了一天。我有幸得以陪同。对于我来说，此行意义极不平常，我一直处于极度激动和兴奋之中。

　　一路上，刘烨园先生默默注视着道路两侧，极少说话，仿佛努力寻找往日逝去的一切，把物是人非、冷酷异常的现实世界似乎忘却了。大约是又一次忆起了苇岸先生每一次陪他去看食指的情景吧。他一再说，以前总是苇岸陪他一起去看食指——可明日就是苇岸先生的周年祭日了，而我们正为这纪念日而来。临近福利院时，刘烨园先生叮嘱我，和食指见面时不要提苇岸的事情。在众多的朋友中，苇岸离第三福利院最近，加上他性情温和、善良周到，朋友们便托付他常照料食指。苇岸在世时经常去照看食指，十多年来他们已经情同手足、水乳交融，苇岸已恰似他的监护人代表了。苇岸先生病逝时，怕食指承受不了如此打击，朋友们便没敢将噩耗告诉他。看看刘烨园先生的脸色，知道他是怕苇岸周年祭的消息刺激了食指，我使劲从胸中透出一口气来，默默点头。

　　因为每次都是苇岸陪刘烨园先生看食指的，加上福利院又有一些变化，我们颇费了一番周折才找到食指。后来，我们被告知，食指被安排在第二病区。

　　穿过第一病区，看见穿着统一病号服的患者散漫在院子里集体放风，有的站着，有的坐着，三五成群，窃窃私语，神色各异。如果不是目光中透露出一些异样，根本看不出他们是一些精神异常的人。听到我们要找郭路生，有的兴奋起来，有的甚至帮我们朝里面喊叫：郭路生、郭路生……这时我才意识到已经进入到另一个世界。食指是这里建院以来的第一批病人之一，遵守病院纪律，热情、正直、善良、乐于助人，时常帮助医务管理人员做些力所能及的事情，一直被誉为模范病人。曾有一段时间他被安排为报刊图书管理员，加上他的特殊经历和身份，人们已经对他非常熟悉。不过在这里可能已经没有人把他当作诗人来景仰，在病人们眼里他只是一个普通的病人而已，只是身上比别人多了一些美德，从他们的声音里可以听出他的受人喜欢。我想，这里的人们大概应该没有等级之分吧——尽管他们尽是一些几乎被这个等级森严的社会所抛弃的人。

登上二楼便是第二病区。二病区的楼门是锁着的，意味着这里的病人连到外面放风的机会也没有，只能在楼道和自己的房间里走动。敲开门，医务管理人员问清我们要探看的人后，让我们在一个厨房、饭厅兼接待室的房间里等候。接着，他朝楼道里面大声喊了几声："郭路生，有人找，老郭……"随着喊声，一个身穿条纹服、中等身材、微胖、走路微跛的人从里面迅速走过来，站到我们面前，仿佛忽然从地下冒出来一样，急促地喘着气说："我是郭路生！"仿佛是一种业已形成习惯的应答，长期的福利院生活已经使他有些机械了。我忽然像从梦魇中清醒过来一样——这，这便是诗人食指了。这便是诗人食指吗？楼道里，有人在瞪着陌生的眼神散步，有人低吟着，有人则转动脖颈瞪大眼睛注视着来人，仿佛充满了愤怒，还有的被放在小推车中，除了眼珠的转动证明这是一个生命或活物外，其余一切便如植物一般了。眼前的一切使我骇然。刘烨园先生告诉我，食指的病情可能减轻了，所以调到了第二病区，以前到第三病区看望他，总是能听到凄厉的叫喊声。望着近在咫尺的食指，似乎不敢相信这一瞬间发生的一切是真实的。食指看起来十分正常，但刘烨园先生依然有些担心，便说："我是山东刘烨园！"像从另一个世界醒悟过来，像见到久别的亲人一样，食指立刻兴奋得像个孩了，焕发出阳光般的表情。他立刻让我们坐下，热情洋溢地问长问短，仿佛我们倒成了被探视者，这无论如何都是使我感到惊异的。然而，更让我感到出乎意料的是，正当我以为这种热情还要持续一会儿时，他却突然把话题转向了诗歌，仿佛一下进入了另一个世界。他对刘烨园先生说他最近刚写了几首诗，想念给我们听。稍微介绍了一下诗歌的背景，他突然声音一沉，声调一转，用有些喑哑的嗓音开始朗诵：

一

哦，下雪了，正当我在
纷纷扬扬的大雪中独自徘徊
亲爱的，你像一阵风裹着的雪团
砰的一声扑进了我的胸怀

哦，亲爱的，你不再是个女孩
连鬓角也被无情的岁月染白
可茫茫风雪中，我猛然发现
你重现了年轻时身披婚纱的风采

人生就是场感情的暴风雪
我从诗情画意中走来

二

凛冽的暴风雪中冻僵的手指扳动着
车轮的辐条，移动着历史的轮胎
大汗淋漓，耗尽青春的年华
前进的距离却是寸寸相挨

抬头风雪漫漫，脚下白雪皑皑
小风吹过，哆嗦得叫你说不出话来

可要生存就得在苦寒中继续抗争
这就是孕育着精神的冰和雪的年代

人生就是场冷酷的暴风雪
我从冰天雪地中走来

（《暴风雪》）

我被惊呆了，想不到他的思维切向诗歌的速度如此令人猝不及防，想不到他有如此生命激情的朗诵方式，张口就来，没有任何障碍，表情丰富、感情充沛、抑扬顿挫。我的内心充满着激动和沉重，那间简陋的厨房兼饭厅和探视室的房间里的空气也顿时变得有些异样和肃穆了。未及我多想，他接着又异常熟练而有激情地朗诵了一首：

这首小诗完成的一刻
结束了一场精神的折磨
别错认为我不修边幅
其实我早已失魂落魄

没人能理解你此时的心境
没有人倾听你真诚的述说
也没有朋友赶来相聚
喝一杯，以得到一时的解脱

清茶一杯，自斟自酌

生活清苦算不得什么

最怕感情的大起大落后

独自一个人承受寂寞


年年如此，日月如梭

远离名利也远离污浊

就这样在荒凉僻静的一角

我写我心中想唱的歌


痛苦对人们无一例外

对诗人尤其沉重尖苛

孤独向我的笔力挑战——

心儿颤抖着，我写歌


（《我这样写歌》）


　　诗的火焰点燃了，诗人身上诗歌的灵光涌动起来，看得出诗歌已是他的一种本能。他是一个典型的理想主义者和实践主义者，一次次以生命的热血去践理想之约，一次次放声歌唱本应属于他那一代人的美好生活，却一次次遭到现实疾风暴雨般的无情打击，一代人的梦被敲碎和焚灭了。他以诗人的姿态面对这一切，不管遭遇多大磨难，他一直痴迷于诗和词语的芳香之中始终不渝，以人生惊异的美与坎坷使诗和词语获救。他因拥有诗的纯粹、密度和质量而遭受苦难，在面对苦难的斗争和挣扎中，却又因诗和词语而获得生命的救赎和涅槃。因诗他成为拯救者和被拯救者，这是残酷中的残酷，不幸中的万幸。诗人与词语在这里取得如此惊人的一致，鱼水一般相濡以沫，如生命体的正反面一样，这样一种生命的奇迹不能不令人叹为观止。这因诗（词语）的诗人和因诗人的诗（词语），正可用以检验和验证诗（词语）和诗人的纯度和密度。在现实中，岁月也是如此检验测试着诗人的生命。诗人一次次拼命抓住诗（词语），像一次次抓住生命本身，诗（词语）对于诗人来说如同氧之于生命一样，诗（词语）成了一种必须。诗人和诗具有一种血缘的本质亲近，应该说诗（词语）已是诗人的一种本能。但这种诗人与诗（词语）的生死与共在他身上体现得如此完美统一，真让人叹惋上苍的鬼斧神工，不管是上山下乡的知青生活，还是在因残酷的现实而精神失常的岁月，还是如今的精神病院里孤独的时光，他从没有丢下过手中的笔，一刻也没有停止歌唱，一直在生命的艰难中跋涉，而且诗歌的技艺在生命的烈火中日益炉火纯青了。刘烨园先生这样告诉我：路生是一个天然的诗歌的生命，百分之九十以上都给了诗歌，只有不到百分之十的部分留给了生活和生存。我又一次被震撼了，为我第一次看到一个真正为诗而活着的人。然而竟是那样真切，那样平易，我几乎不敢相信这一切。过了一会儿，也许是怕食指情绪过于激动，刘烨园先生趁势把话题转向别处，故意问一些日常生活中的事，但刻意轻松的语气和神色也无法掩饰深深的叹息、疼痛和悲哀，还有一些无法抑止的东西。食指一支接一支地抽着烟，感情十分充沛。他神采飞扬地谈论着对诗歌和岁月的感受，简直可以用谈笑风生来形容——这也是他面对困难和灾难的一贯品格。可就是这样一个在生活面前一直保持乐观的歌者，也最终无法逃脱岁月的魔爪，可见岁月穷凶极恶的质地。然而，面对这凶残，他依然用微笑和温暖处之，用胸膛去温暖岁月冰冷的枪口，用些微的热量去融化冰天雪地的现实。这也是他诗歌与生命的精髓之处吧，这大概也是他送给每一个来看望他的朋友的最珍贵的礼物了。可在我看来，那笑容却是如此令人感到艰涩，我再也无法沉浸在他们的交谈中。食指朗诵诗歌的声音一直在我的大脑里轰鸣，像一场疯狂的暴风雪弥漫着，我的思维和神经不得不一次次经受打击，我的灵魂几乎被打垮，已经迫不及待地飞到那似乎遥不可及的诗的生命和空间里去了。

我感到异常的别扭、沉重和兴奋，已经不知所以，无论如何也无法表达和描述内心的复杂和激动了。时光显得短暂而又漫长，那个简陋的房间留下了我一段永远难忘的时光——我们在那里静静地说着、坐着、尽力倾听着，时间就这样一分一秒地过去，时间到来和离开得同样让人无法相信。在我们起身的那一刻我似乎洞悉了时空的全部神秘和魅力，也许正是这种特质和力量让我拥有了这几乎不可能的相见和这似乎不真实的逝去的时空。

按照多年朋友们看望食指形成的规矩，我们照例一定要把他请到福利院外面与他一起吃一顿饭。每次朋友的到来，除了精神的慰藉外，一顿饭对于他无疑也是一种莫大的幸福，甚至一种奢求。我们去看望他请他出去，一是因为默守朋友之约，二是为了离开狭小而逼仄的接待室几乎令人窒息的空间，让他能够到外面自由呼吸一下自由新鲜的空气，谈话的语境和空间也可以拓展得开阔些。当刘烨园先生提出要请他出去吃饭时，食指爽快地说他的稿费存在医生那里可以要来请我们吃饭。刘烨园先生笑着说："怎么能坏了规矩呢？"其实，看得出食指对福利院的生活早已适应了，多年来他把自己的基本生活需求降到最低，不给病院增加额外负担的同时，尽量帮助做一些力所能及的事情，而且还尽可能地像帮助家庭成员一样帮助其他病人。他已把生活简朴、帮助别人当作自己的第二信仰。他已以一个诗人固有的素养、品质、信念、理想和胸怀养成了一种及时克服困难、以苦为乐的精神品格，在别人看来无论如何艰难残酷的环境他似乎都能把它当作一种乐趣。不过，这只是对诗人本身而言。无论如何，他毕竟是中国当代诗坛开一代诗风的真正意义上的诗人啊！想到这些，我似乎能够理解一些刘烨园先生面对这一切时的冷峻和沉默了，想必有一个更加巨大的十字架压得他不能喘息吧。我甚至想，像我这样一个几乎没来由的探视者，怕是连耻辱和罪恶的资格也没有。不过我感到，如果一个人在他面前连起码的耻辱感和罪恶感也没有一丝的话，我就真正怀疑和绝望于人性的本质了。然而，此时作为人生的"看客"，我也只好沉默无言于他们的沉默与无言，使自己激动而肤浅的罪恶感尽情肆意衍生，多一些日后欺骗自己和别人的资料。按照福利院的规定，接病人出去必须由探视者签字担保在规定的时间安全送回方可。刘烨园先生随食指去里面办理手续去了，我站在二病区的门口等着他们。

楼道里，一位流着口水的精神病人痴痴地望着我，口水已经把病服上衣流湿了一大片。他被放在小推车中，全身无法动弹，大概他就要这样怀着人生的疑问在这里度过余下的时光。还有一位在楼道里一边漫步一边"得得"地念念有词，似乎念着人生的咒语。一阵肃杀的寒意似乎从那里倏然升起，我感到不寒而栗。

这时，他们办完手续出来了，我赶紧跟在他们身后，逃跑似地离开了诗人寓居的第二病区。

生存在野蛮境地，人们应该是清醒的。但人们愿意在自己如涸辙之鲋的思维里终其一生，也不会去想一下大海那边的事情，因为这样的思索很痛苦，令人苦恼，人们已经失去了无端烦恼的品质和能力，以致终于不知烦恼和痛苦为何物了。其实，人们连思索这一切的能力也早已丧失了，即使无法透过气来也不会主动

寻找窒息的真正原因，而宁愿永远在窒息中挣扎，好像与思想是天生的宿敌，即使到了棺材里也不肯想一下，沉浸在自以为是的极乐与天堂之中，具有羔羊一般的美德和品质，这是奴役者最为喜欢和赞赏的品质。其实，思索也有其素质和条件，是一种生命种类区别的标志，也是生命高级程度的凭据，正是那些因被注入精神麻醉剂而衰微甚至死亡的生命所缺少的基本素质。从某种意义上说，人们争相进入坟墓一般的现实，也不愿思索一下坟墓四周的冰冷，其实并不是不愿意思索，正是失去了思索的能力的缘故。从这一点上，在这被扭曲的非常态的生命畸形空间里，食指依然能够孤独地发出呼啸而尖厉的声音，挣扎着与生命抗争，除了诗人天才的成分外，亦不能不赞叹为另一种生命的奇迹和自觉。

　　这不能不使我又一次不寒而栗。生命以如此近乎沉默而完美的方式表述着自身，生命以如此振聋发聩的声音和力量震撼着人类，震撼着五千年的人类文明史，而压倒一切文明的现代文明哺育下的我们却可怕的沉默和麻木了。这世界重又变得司空见惯，波澜不惊，像一切事情也没有发生一样——即使鲜活的生命的存在也是可以被漠视，甚至被敌视，即使再有活力的声音也可以像水一样被现实的沙漠吞没得无影无踪，大概这是现代文明的又一惊世骇俗和不朽之处吧。现代文明何以如此冷漠和凶残？其实，人们无时无刻不处在被冠以现代文明的现代手段的精神虐杀之中，不过改换了包装和名目罢了。看来这现代文明的迷障是万难辨别躲避的，即使在这福利院也在所难免。这封锁有的来自外部，但更可怕的是来自内部，若如此，只有在自我精神的虐杀中过完一生。这应该是生命的浪费和残酷，如同这精神病院每日不断复制的精神时光。我们应该斥责这种不道德的雷同机械生活，因为生命的概念和意义就是如此被抽空了。从一般意义上说，要一个被扭曲、被限制和被抽空了概念的人（灵魂）道出生存和生活的意义几乎是不可能的，但食指在这样的环境中却几乎道出了生命意义的全部，这不能不被认为是一个奇异卓绝的生命。他在精神病院里的生命抗争，却无意构成了与整个当代中国诗坛的对峙，当代诗坛要想绕过他独行，绝对不是一件十分轻易的事情。

作为生存的最基本的条件，包括新鲜空气、阳光、水、自由、平等，是我们必须获得的。诗人在这如此特殊的环境，却放射出生命的异彩——他的一生都要在复杂多变的路途中度过了，而且他会不停地发出呼啸的声音。我不得不再一次感叹造物主与上苍，但人们依然沉默与茫然于冷且静的夜空。我真正不知道何时才能结束这一片片茫然的人生！我诅咒一切茫然和茫然的制造者，也更诅咒苟活而盲从的自己的从未有过的抗争。

吃饭是在福利院大门对过的阳河居餐厅，一家极朴素平常的路边饭店。食指和刘烨园先生对饭食要求都同样极其简单，三个人，三个菜，三杯扎啤，尽管据诗人讲他已经很长时间没有出来吃饭了。历经世事艰难沧桑，他们都太知道民间疾苦意味着什么。他们平时都是崇尚节俭的人，对铺张浪费都深恶痛绝，在这一点上他们的性格是如此一致。我们在靠近窗子和角落的座位上坐下来。看得出来，此时，刘烨园先生没有丝毫放松，心情依然"沉重得复杂如土"，并且压抑着不让这种沉重释放出来，掩饰似的抽着老牌子的哈德门香烟，饭菜端上来几乎很少动，整整一顿饭也只是吃了很少的一点儿。不知是因为很久才得以出来一次，还是见到故交的缘故，抑或总是要使别人欢乐的性格使然，食指显得十分高兴，竟然兴奋率真得像一个孩子。眼前的他很难和经历那么复杂、写出那么多生命的欢乐和痛苦的诗人角色相匹配，没有任何几乎为他所爱的世界所抛弃的烦恼，他依然爱着这世界、生命、自由、阳光、空气和水，他依然爱着一切，不管这一切是否还在爱他。食指此时已经 52 岁，看着他快乐的模样，或许根本想象不到他经历过如此多的痛苦和磨难，好像岁月的风刀霜剑从来未刻在诗人身上过，竟然奇迹一般不留一点儿岁月的痕迹，这在我几乎无法想象。但我似乎立刻恍然大悟，诗人的生命大概都应该具有这样极平凡却极珍贵的品质吧——和我臆想中的诗人角色如此不同，心目中的英雄竟是平易得这样令人难以置信——可见我曾受过很深的蛊惑抑或自己就是如此浅薄，内心也跟着后怕起来。食指很高兴，兴高采烈，眉飞色舞，飞快而香甜地（请原谅我使用这些让我产生罪恶感的词语，我为此而忏悔）吃着饭，不停地谈话、抽烟，笑容可掬。刘烨园先生抽着烟，镇静而关切地看着诗人吃饭、谈话、抽烟、微笑，平静中包含太多的痛心、痛苦、郁闷和心潮起伏与曾经沧海。他不易觉察地控制着谈话的气氛和情绪，一是不要使食指过于激动，二是恐怕我做出唐突的事来，这只是一些表面的因素，我知道除此之外一定有着其他更重要的原因。然而，历史和时光依然像蜗牛一样爬行，漫过多少代人的青春、生命和期盼，我的心也似乎沉重起来。就像音乐间的休止符一样，谈话空气似乎停止（冷）了一下，但转眼就又热烈了，诗人重又进入了想象与自我的自由空间，话语滔滔不绝于耳。我为诗人的声音而沉醉。不料，这时我却突然犯了一个不小的错误。我看到食指一支接一支不停地抽烟，每次抽得不能再抽时才匆忙地用烟头点燃接续，而且都不是用火柴或打火机，极不方便。我便飞快地向柜台上要了几支打火机交给他。食指连忙笑着摆摆手说医生不允许，刘烨园先生也难得地笑了起来。他告诉我，福利院不光规定病人不能带火，而且不能带任何东西，香烟平时寄存在医生那里，抽一支要由专人点上。难怪食指一支接续着一支抽烟，这也大概与他不愿意给别人多增添一点儿麻烦的性格有关吧。我带着很深的愧疚把打火机送了回去，但还是留下了一个以当作这次看望和愧疚的纪念。我的心异样地压抑和沉重，大概生活在自由环境（尽管微乎其微）中的人是很难真正理解生活在被管理的不自由的生活的，也很难理解那颗备受损害的心灵而于不知不觉间对其构成了伤害。这是可耻的，我为此而痛恨自己，如这应该作为我永远的耻辱和纪念，我感到没有语言能够表达那一刻我痛苦的心情和感受，我仿佛刹那间被整个世界所吞没了，被伤害感和耻辱感迅速油然而生——为我自己也为一切被伤害的心灵。正在这时，食指抚弄着胸腹部的病服，如孩子般天真满足地说：吃饱啦！吃饱啦！他还向老板要了方便袋把剩下来的饭菜装进去说晚上用开水热了吃——多年的节俭习惯已经让他不能丢下一粒粮食。我这才感到吃饭的时间过得异样地快。喝过两杯茶水后，刘烨园先生便决定把他送回去。其实还有一些剩余时间的，之所以这样做，一是因为担心迟到食指回去会受惩罚，二是提早回去可以为朋友后来的探望争取更多一些方便和自由。不过，我想也可能跟我的意外事故和他的心境有关吧。

我稍稍感到有些遗憾和懊悔，不能和他再多待一会儿，不过这也已经足够了。

我们走到福利院二楼的第二病区的门口。

食指敲开门走了进去，隔着楼门和我俩亲热地握手告别。当触到那温厚的手的一瞬，我感到情感的堤坝仿佛将要溃决一般，千言万语一齐涌来，却一下哽塞，只好融于那盈盈的紧握与暖流。他转身朝里面走去，手里提着我们中午剩下的饭菜。隔着楼门玻璃，里面黑黑的，什么也看不见。楼门"咔嚓"一声锁上了，一转眼他进入了另一个世界，一切都没有留下——也许那里有另一个更勇敢地面对生活的食指。"咔——嚓——"我感到那声音是那样漫长和刺耳，那一瞬仿佛长达一个世纪，它鲜明地刻在我的记忆之中。

我们在那里游移滞留了一会儿，稍稍回味一下刚才的离别时刻，慢慢离开了那个让人倍感沉重和压抑的地方，走出很远，我依然频频回首，仿佛有什么遗失在那里。我们将要离去，却不知他何时才能离开。望着满院的参天大树和幢幢高楼，心潮阵阵，我一遍又一遍地问自己：这是曾经叱咤中国诗坛、历尽磨难而今依然笔耕不辍、挑战极限的诗人吗？这难道是开拓中国当代一个诗歌时代的一颗不屈的诗歌灵魂的永久栖息地吗？这位中国当代诗坛的凡高在这里已经寓居了10多年，而且还要在这里寄居下去，不知还要居住多久。偌大的茫茫世界竟没有一个诗人自由容身的居住地，他不是说还要回到自由中，还打算等攒足钱在外面买一套房子读书、写诗、朗诵吗？爽朗的笑依然在回荡，那是曾经溶进多少血泪和苦难的微笑，却如孩子的笑容一般纯真、率直和烂漫，这是真正的诗人的笑容。我不知道这是不是这世界的堕落与悲哀，但这的确是人的堕落与悲哀。这世界也同样让人无话可说。我为这些感到耻辱和疼痛——我毕竟是堕落的世界的一员，我不可能是清白的（难道有人可能是完全清白的么），我为此而忏悔和祈祷。我也只能为此而无言，那如雨水和阳光充沛的鲜花一般闪烁和璀璨的笑容和澎湃而饱满的深情却溶进记忆和血液，我仿佛又听到诗人低沉和沙哑而富有磁力和对生命充满无限眷恋和爱的声音在激荡。

当蜘蛛无情地查封了我的炉台

当灰烬的余烟叹息着贫困的悲哀

我依然固执地铺平失望的灰烬

用美丽的雪花写下：相信未来


当我的紫葡萄化为深秋的露水

当我的鲜花依偎在别人的情怀

我依然固执地用凝霜的枯藤

在凄凉的大地上写下：相信未来

......


（《相信未来》）


还有那首激动过无数颗心灵的诗作——《热爱生命》：


......

我乞丐似的光着脊背走去，

深知冬天风雪中的饥饿寒冷，

和夏天毒日头烈火一般的灼热，

这使我百倍地珍惜每一丝温情。


但我有着向生命挑战的个性，

虽是屡经挫败，我绝不轻从。

我能顽强地活着，活到现在，

就在于：相信未来，热爱生命。

......

唯有这样，才是全部的食指，才是一个完整的诗歌生命。

时光呼啸而过，回去的路显得那样漫长，我们只剩下无言和沉默。路旁被污染的土地和河流一望无际，如一片备受伤害和侮辱的心灵斑驳和丑陋，只有饱含现代文明毒气的天空在无尽地一直延伸。刘烨园先生照例沉默，深居简出的生活仿佛早已让他对一切习以为常，无边的沧桑早已使他沉默复沉默了。我的心灵却挣扎着想透过一口气来，像一只受伤的鸟儿在罪恶的天空下寻找慰藉和温暖，做着虚妄而徒劳的努力与挣扎。变幻的天空此时似乎滴下水来，唯有远处的天边镶着一道闪亮。在这呼啸的风中，我们仍需要穿过这重重层云，回到无边的现实中去，在压抑和拥挤中透一口生存的空气。

我们仍要回到无边的车如影人如潮的人群之中去，回到曾经使诗人沉醉和吟哦的地方去，开始又一次灵魂的旅程，一次次陷入激动与思想。

我们终究要回到灵魂向往的彼岸，让心灵永久如释重负。

# 茫茫燕山

环抱着大地和田野，被太阳镶了金边，巍峨雄伟的，是茫茫燕山。

2000年5月19日，参加过"苇岸逝世一周年纪念会暨《太阳升起以后》首发式"后，人们下午就离开昌平水关新村苇岸的简朴故居。车队在乡村田野迤逦穿行几十分钟后，来到生养他的村庄——北京昌平北小营村和村头那片撒放他骨灰的土地。去年撒放骨灰时的旺盛麦田已变成一片光秃秃的春耕玉米田。北望燕山，将一切咽下，任乡间的风和纯粹的精神独自生长与述说。我不得不一遍又一遍祈祷——苇岸，这个中国知识分子的先行者，除中国散文界几乎无人知晓——即使中国文学界也可称得上鲜为人知，孤独一隅，一生求索与坚守，自甘寂寞，自生自灭于英年早逝的今世，这种耻辱和损失，给这个甚嚣尘上和打着正义招牌的时代打上永远的烙印。然而，人们总是一次又一次地痛失自己的时代之子。有时，一个具体生命更能证明一个时代。时代和世界无言，任丑恶的大地变得更加险恶——即使有着大地之子之称的灵魂栖息地也不能幸免，只有将灵魂袒露于这燕山脚下伤口一般的大地。时代为何总是如此对待那些真正热爱它的人，甚至连立足之地也不给，而让罪恶任意麇集繁衍肆虐？于是，我终于明白这是一个怎样的时代！我感到那一长队来到墓前是缅怀人们心灵的无边无际，而我只是这个长长队伍的最后一个追随者，敬畏、感动、景仰和痛苦、怀念之情复杂得无以言表——但有一点十分清醒，恳求参加苇岸周年纪念会，除了与苇岸那未竟的见面，还因为自己想在周年祭的灵魂安息之地献上一份迟到而不安的敬意。我深知在别人那里这或许微不足道，但在他则不会被漠视，更不会被无视，会得到加倍的珍爱和爱护。这一点是清晰的，也是此行之深意。因此，其始末情愫之复杂难言与不言而喻，均可忽略不计了。

（以上是活动回来后记下的感受，只顾表达自己，并未想到这种夸张也是苇岸不喜欢的，这让我感到痛苦和苦涩。但为记住那时光，记在这里权作纪念。另需说明的是，以下文字只是根据一些文字和朋友谈论的理解写下的，其中若有侵犯或伤害到当事人的地方，一并祈请宽恕。）

此时，我的大脑里只有茫茫燕山和其脚下那片土地上茫茫无际的麦田以及那片被环抱的灵魂安息的土地。

……

为什么不能让我好好写一写苇岸？我感觉他曾一次次来到身边，徘徊、流连在涛声阵阵的黄河岸边，让我听到古老大地的声音……

每次写下开头几个字，泪水就又一次涌上来打断我的思绪，试图阻止我的笔。但这是不可能的。从他去世的那天起，这种怀念就一直没能停止过。1998年夏天，散文家刘烨园先生来到我在黄河岸边的家，在黄河岸上曾约定1999年或以后方便的时候邀请苇岸及北京的一些朋友来这边的黄河走走，并且计算苇岸徒步走过的黄河是不是包括这一段。同年秋天，我在济南文化东路的一家小酒馆热烈筹划着这件事，而且不止一次盼着此事的行期。

但到了 1999 年春天却传来噩耗——苇岸患绝症住院治疗，但心里依然存着一线希望。不久，一个晴天霹雳似的消息传来，随消息而来的还有苇岸临终时由妹妹马建秀记录的《最后几句话》。

那是一个宁静而孤独的午后，我一下懵住了，透过狭小的乡下窗子，阳光反射下的灰尘和空气也仿佛凝固了，好像我没有听到过的更大的雷声——苇岸走了！当时大脑的第一个反应便是，苇岸再也没有来这边的黄河走走的可能了——这意味着这里的黄河滩因他的辞世而为他永远留下一个属于他的空荡空间。随之而来的是我陷入了长久的沉默——失语和茫然。2000 年苇岸逝世一周年暨《太阳升起以后》纪念会，让我有了一次和苇岸更近距离的"接触"，使我的怀念不只停留在他的文字和朋友们一起谈论内容的回忆和想象里。

那是一次怎样的聚会！2000 年 5 月 19 日前一天，全国各地的朋友、来宾、诗人、散文家、学者、批评家、苇岸的读者风尘仆仆地来到位于北京鼓楼外大街的中国工人出版社（苇岸最后整理、修订的《太阳升起以后》一书由这里出版）。

朋友们和中国工人出版社按照他的性格安排的纪念会和首发式朴素而庄重。下午，大家驱车前往苇岸昌平水关新村故居和燕山脚下他的家乡昌平北小营村。因故居狭小，人们分成几组进去。在他曾经生活过、一切按他生前原样摆放的室内，让人有一种他刚刚出去马上就要回来的感觉。人们沉思、驻足、静默、流泪……

一切都静悄悄地进行，一组出来一组进去。

最后，在苇岸家人和朋友的带领下，来到苇岸灵魂安息的那片土地。人们静静地排着长队，一一在那片土地上洒满花瓣。他的好友、诗人树才在那片土地前，开始朗诵苇岸最喜爱的法国诗

人雅姆的十四篇祈祷之八——《为同驴子一起上天堂而祈祷》："该走向你的时候，啊！我的天主/让这一天是节庆的乡村扬尘的日子吧。/我希望，像我在这尘世所做的，/选择一条路，如我所愿，上天堂，/那里大白天也布满星星……"人们静静地听着，五月的风吹过来，似乎能够听到每个人的呼吸。时间仿佛静止了，人们又一次流下泪水，这一切让人感到失去苇岸这种灵魂的大地是那样孤单。

苇岸去世5年来，一直想写下点什么。电脑里、日记本、纸片上，随手记下一些文字，但总是每每刚写下几个字便立刻被泪水咽住了。一次次写不下去，一次次徘徊，至今，已经整整5年了。这次我下决心一定要在他的5年祭之前写出来——无论如何都要写出来，尽管此时一边擦拭泪水，一边需要用颤抖的双手敲键，忍受着剧痛的折磨，只有这样才能让我内心平静些。我一遍遍问自己：为什么会这样？是什么伤害了他？真正被伤害的是他还是"我们"？是什么伤害了"我们"？是什么伤害了他所热爱的大地？5年了，这之间我不能平静地看到任何关于他的文字，哪怕别人写他的纪念文字。就这样，一步一徘徊，至今已是五年一回头。

在我书架的深处，静静地躺着两本让我倍感疼痛的书。有时我忍不住走过去把它们拿起来摩挲着，痛感便会立刻加剧呈辐射状迅速弥漫全身。它们便是苇岸的两本书——《大地上的事情》和《太阳升起以后》，它们像大地上两颗风干的、原可以更加饱满有力的坚果，在积雪覆盖的大地上慰藉着冬天的寒冷，在它们面前我永远做不到平静。

我一直在想，苇岸的存在到底对这个时代意味着什么？这个自觉把生活设置为最低限度的人，一直遵循简朴、谦卑和素食主义原则，最终成了一个大地主义者。他并不认为自己有一种能够拯救这个世界的超人力量，他只是尽量自己减少能源消耗，拒绝世俗的喧嚣，力所能及地做一点儿——让大地负担尽量减少、精神尽量丰富。难道是真正嗅到了这个世界最为危险的声音和气息，才让他如此急切地身体力行？他想让这个世界以另一个样子出现，不是尔虞我诈、穷凶极恶、你死我活，而是平和、朴素、终极、宁静、美好、富足。一种灵魂的天生品质，让他如此决绝和彻底。然而，像家畜一样性格温和缄默的一面使他的脆弱、敏感和纤细的思维受到一种"遮蔽"，致使人们认为他只是一个善良、宽厚、多情的人，而忽略他理性、清醒、独立和异数甚至独行的一面，以致他的声音在这个世界几乎全部被忽视了——而这恰恰是最重要的质的声音。可以说，苇岸的被忽视是这个世界和时代的悲剧和损失，而这种悲剧和损失将随着时间的流逝而付出更大的利息——现实会越来越明显地昭示和证明这一点。他选择的是一条宁愿自己受伤害也要洁净和清醒、理智而绝不去伤害这个世界的具有圣徒色彩的道路。无疑，这也是一条没有尽头的路，仿佛从人世深秋的寒风里走进深冬，一直走到不见身影，谁也听不到他在自己"时代异乡"的消息，以至他在这个世界只剩下一个深沉而缥缈的影子。这条道路上曾经走过马丁·路德·金、圣雄甘地、托尔斯泰、陀思妥耶夫斯基、索尔仁尼琴、布罗茨基、博尔赫斯、棱罗、爱默生、希梅内斯、米什莱等孤独与寂寞、熟悉与陌生、遥远而切近的身影——或许这时人们才回忆起苇岸的音容笑貌，以及他在此世的温暖。而这个世界与真正的他之间的距离又是多么遥远和寒冷，人们只有在寒冷的战栗中才能听到他的声音——苇岸并不属于这个世界和时代，他与这个世界的天然亲和而又貌合神离最终离去的悖论再一次证明先行者永远不可能在自己的时代得到理解和认可这一历史法则。或许苇岸也曾感到过类似的寒冷，只是他没有说出来——他把这些也"忽略不计"了。他选择把自己的生活降到最低，以素食主义者的精神清洁和简略，保证精神和肉体上的言行统一，保证笔下的每一行文字都像大地一样简洁。

这里需要说明的是，苇岸身上的神性成分要大于其他因素很多。因为不这样便很难解释他作为一个圣徒或大地行吟诗人的灵魂存在的合理性和自洽性，即很难解释他处于敏感、唯美、唯善和现实的肮脏、令人绝望的心碎之中的宁静、谦卑和平和，这是常人做不到的事情，过滤那些使人发疯和狂躁现实的只能是一个人的神性部分———一种可以让人站得更高、更清醒地为上帝所赋予的神圣部分。这种成分其实在万物身上都会有所体现——比如"万物有灵论"，不同的是它凸显了神性这一使万物有灵的真正原因。其实，神性在每个人身上的比例不同构成了人类社会的形形色色，而只有神性在身上占绝对优势的人才有可能成为一个圣徒，这也是成为神圣者的必要条件。苇岸仿佛天生有一种与大地、自然、万物、夜空的亲和力和神性能力，以及在一个时代的清醒、冷静、定力和灵魂坚守，像闪电一样，照亮了他神性的一面，使他能够卓然独立于一个时代、一个世界而自成一个完整而丰富的时代和世界。神性让他对这个时代充满眷恋和温情的同时，又让他以独立于世的山峰一样的高度和理智俯瞰，并以一种不易觉察的独有方式表达对这个世界的爱和警惕。但神性也让这个冷暖自知而在别人看来在这个时代有些冷暖不辨的人，最终不属于这个时代和这个世界。人们使用的是与他不同的时间和宇宙观念和标准。他身上的神性注定让他只属于上帝，最终神性消解了加在他身上的时间性，让他变成一个可以在时间之中来回穿梭的人——这也许是上帝对于这个生命的唯一补偿？但这并不是他所渴望的事情。为了消解自己身上的时间烙印，他几乎舍弃了尘世的一切，他只做他感觉应该做的事。其实，苇岸给那些渴望不朽的人们提供了一种参照，即多大限度地靠近上帝和大地，以及自己多大限度地靠近自己所热爱的尘世，多大限度地靠近自己的生命实质，取消时间性才能成为一种可能。如果一个人在面对这些事物时最大限度地舍弃世俗性、功利性、时间性（在世性或此世性）的话，起码会在时间这条轨道上站住脚跟，并使灵魂具有不灭的可能性和必要条件。石头和铜铁雕塑的只是人们对这一渴望和时间流逝的一种无奈和挣扎，最终抓住的只是时间的一个梦或影子，或被取消时间性之后的灵魂和精神实质。可以说，神性是上帝赐予的拯救人间的唯一良药。这也是苇岸成为一个精神圣徒和大地行吟诗人的关键因素。

或许也可以做这样一种具有功利色彩的推测，即具有苇岸这种神性灵魂品质的人，便可被视为具有一种类似上帝使者的身份或角色。他们给一个世界或时代带来上帝的信息，其他一切世俗的角色和利益则完全可以被视为多余。他们只是为一种旨意而来而忽视其他一切的人，也许在别人视为苦难的经历却被他们视为幸福和资源。"贫困而听着风声也是好的"，他们可以为一阵上帝的急雨或一匹幸福的驴子而为上帝对人间的眷恋深深战栗和感激，而唯独对自己少有留意，这便是精神圣徒们的另一个特点：为他人着想，而把自己的生活降到仅能维持生命和日常生活的最低标准，简单、朴素，与灵魂和精神的丰富之间存在着极大的反差。

或者毋宁说，他们的神性和先行者本质是以生理和物质欲求的最大削减来作为表面体现的，在一个神性普遍缺乏的畸形时代，一个精神丰富的人同样在其他方面做到"丰富"是不可能的，一个精神被占领或贫乏的人会在物质方面得到"补偿"，不可能让一个真正的圣徒去拿起醮有鲜血的凶器，或让一个嗜血成性的刽子手放下手中的屠刀而转眼成为一个圣徒——后者如果可能的话也只有在神性起作用的情形下。这也是一个精神者、思想者的显著神性标志之一。

神性的另一特点是它的不可解释性或曰不可知性。这有点儿和神秘性相类似，但神秘性只是它的一个表象，其中又藏有必然性。比如，除了笼罩在苇岸文字中那些大地和宇宙般的神秘之外，这个具有神性精神圣徒特点的人的成长过程中，也有着一些看似平常但又不可思议的必然经历。一个冬晨和四姑一起搂柴草后和太阳的遭遇细节便不可想象地可以决定他的一生，还有与《瓦尔登湖》湖畔草屋的遭遇等，生命因此发生质的变化。然后由另一些偶然而必然的细节塑造了一个生命历程和整体。被这种方式而不是被那种方式点燃和引导，这也唯有神性能够解释。或者说这是神性与神性之间在宇宙间的对应，它可以穿越时间和物质甚至意志。但这种呼应有一个必须前提，即它的对应物也必须是神性的。因此，所有一切具有神性成分的生命是大可不必担忧上帝的神性之光不能照临的，要做的只是保住自己身上的神性部分并力求使它的份额加大，上帝之光只会照耀那些有必要被照耀的灵魂，若没有被照耀只能怀疑自己身上的神性比例还没有足以引起上帝的神性注视。而判断一个生命神性的多少，则是一个复杂而需要极其谨慎的事情，或许只有上帝才能够做到，但人世也积累了一些神性经验以供参照和借鉴，比如宗教、信仰、人性及它们之间的相互作用等。从这些意义上，可以说苇岸这个生命个体，是一个很早便具备被神照耀的素质而又被上帝过早带走的灵魂。这种素质可以早到他来到这个世界的那一刻或之前很久的时候——他被过早地带走也同样源于一种生命的神性密码，也即在这个世界某一时间段内负有某种使命，这是天生固有的宿命和必然，在苇岸这里无疑显得特别明显，而又被加上了后天修炼的成分，神性在这个生命体中被张扬了。被上帝过早地带走这一残酷现实，我甚至把它十分主观地理解为类似世俗世界里的职位变迁——尽管这样理解太过世俗。或许可以这样理解，有一个不为人所知世界更加需要苇岸这类精神圣徒；最坏的理解是，上帝忽然有一天发现他所派遣的人间使者其实是自己的一个错误，这个世界的堕落和污浊只能让被他拣选的儿子受苦受难而别无作用，出于上帝的怜悯和爱，他缩短和收回了自己的儿子在世间的时间——因为对于一个最大限度压缩自己生活的人是不可能违犯人间的神性和世俗法则的，否则他也不会被称为精神圣徒。我最希望的结果是前者，而最不希望又极有可能的结果是后者——因为这样的心灵在事实上已经备受伤害和伤痕累累。这还可以被称为上帝之爱，或者苦难对精神者的馈赠吗？这同样是一种悖论，因标准不同而判断和结论迥异。

这里，精神圣徒和神性除了能够取消灵魂的时间性外，还具有超时间性的一面——超时速性。也就是说，它使灵魂具有了一种对于时间的加速度，具体表现为一个时代对一些灵魂理解和认识的阴差阳错。一般一个具有超时间性的灵魂不会被他的时代理解，而往往是在一个被上帝默许的时间契机——几年、几十年、百年后，才被认识与理解。所以被理解与否并不能作为一个灵魂永恒与否的考察指标，反而可以作为一种对那些被其时代大面积认可和赞扬的事物进行一种分析和判断的参照。从这个意义上

说，苇岸在这个时代不被理解是正常的，这说明它还没有足够理解他的储备和能力，但可庆幸的是上帝并没有对人和社会的理解力加以预设。想想若干年后人们对苇岸——这个诞生于东方大地上的大地主义者的热衷——这一天一定会来到，人们一定会为这片土地在最糟糕的时代同样得到了上帝的垂爱而心存感动，人们也一定会为曾拥有过自己土地上的大地主义者感到自豪和骄傲——然而，这只能是然而，时代仍在悲哀中艰难前行，而且正在为此付出血与火的代价。那时，或许，苇岸这个把残缺一生献给时代的灵魂能感到稍稍的安慰吧——在他和朋友们看来，上帝并没有让他过完一生，而在大地上仅过半生——39岁，一个作家最具创造力的年龄！在这样富于创造力的年龄被终止，如同一棵被拦腰截断的正在生长的大树，真是大地的一场灾难。然而，正是这个在大地上只过了半生的人，却足可让那些活得太久的人感到羞愧。

从作家与客观世界关系上说，苇岸是这个时代的大地行吟诗人。以苇岸的才华是能够写出非常华丽的文字的，但他却让它们极端朴素和平易，这样做的原因或许同样具有宿命论色彩，但有一点是肯定的：这与他对大地的天生热爱密不可分。他的文字呈现出一种土地的天然状态：白云怎样像牲口在太阳落山后回家一样从大地上从容而安详地走过，节气怎样神秘而准确地姗姗而来到达某一个地点，土地是以怎样的宽容和饱满容纳万物，大地的最卑微的子民们——麻雀、蚂蚁、胡蜂等，在他笔下不只不显得卑微和丑陋，而且大地因为拥有这些居民而让人为它感到骄傲和光荣等。这里最重要的是文字与灵魂的相濡以沫，借文字灵魂与大地合二为一，灵魂像大地一样延伸。于是，大地每一个角落的每一个细微的响动便可以让灵魂充满警觉、不安和牵挂。也就是说，从与大地重合的那一刻起，这颗灵魂便永远失去了宁静的机会。它时刻要为大地的荣辱而忧虑。然而，正是把大地荣辱当作自己的荣辱甚至生死，才让文字具有大地的内在气质永远沉寂下来，像瓦尔登湖一样凝聚着大地万物的精神。这里面具有和大地同样的包容性，像大地虽然深处藏着咆哮的岩浆，但依然有着宁静和萌生万物的能力一样，这样的文字背后是一颗滚烫而饱满健康的心灵，也正是这样的心灵才能诞生具有高山大海一样磊落胸怀和品质的文字——大地每一阵疼痛和幸福的悸动都可能化作它的一阵阵战栗和颤抖的急雨或者风暴。它可以包容一切受伤痛苦的哪怕是最卑微的心灵，它慰藉那些最应该慰藉的事物，在它的语汇中是没有卑微和高尚这些具有世俗评价色彩的概念的。

这些话不是每个人都能随便说出的："它们（苇岸书房窗外的胡蜂）为我留下的巢，像一只籽粒脱尽的向日葵或一顶农民的褐色草帽，端庄地高悬在那里。在此，我想借用一位来访的诗人的话说：这是我的家徽，是神对我的奖励。"（苇岸《我的邻居胡蜂（二）》）

或许正是基于这种对大地的爱，他坚持素食主义生活信仰，大地的纯洁、博大和高尚使他不忍心因自己而再去对它多半点剥削。他不想造成大地的伤痕。这时，可以说，大地是他的信仰本身，而支撑他这一信仰的是："人类长久生存下去的曙光在于：实现每一个人内心的变革，即厉行节俭，抑制贪欲。"（苇岸《素食主义》）他把人们物质的节俭和精神的丰富当作这个世界最后的希望。对于这个物质几乎达到极点的世界，他以自己的体验和坚定信念，无疑开出一剂对这个时代具有强心意义的心血良方。然而，他仍然为自己不能做得更多而愧疚。

这是一个善于以歉疚折磨自己的人，他在生命的最后一刻还

在忏悔："我平生最大的愧悔是在我患病、重病期间没有把素食主义这个信念坚持到底（就这一点，过去也曾有人对我保持怀疑）。在医生、亲友的劝说及我个人的妥协下，我没能将素食主义贯彻到底，我觉得这是我个人在信念上的一种堕落。保命大于了信念本身。"（苇岸《最后几句话》）我一直在痛苦地想苇岸在说这些话时的心态，在《最后几句话》中——这是最触动我灵魂的话，是什么力量让他在临终前说这番话？能在这样的时刻说出这类话的是怎样的灵魂？他是如此平静、从容和理所当然，根本不是"做"出来的生命本质的使然，面对这样的灵魂怎能不让人感到惊叹而联想到那些永恒的事物。而如有着一双洁白有力翅膀的大鸟，他的遽然去世像正在飞翔中被忽然折断翅膀一样，形同大地的一场灾难。他曾在《大地上的事情》中说："古希腊诗人卡利马科斯说：'一部大书是一大灾难！'当我整理数年的心血之作，最后结成一册小集时，我想到了这句话。我心里说，还好，我没有成为一个'大灾难'的制造者。"这个认为"作家或艺术家，应是通过其作品，有助于世人走向'尧舜'或回到'童年'的人"的人，这个几乎小心翼翼甚至害怕因为自己惊醒这个世界的人，这个最需要呵护却最大限度地呵护了这个世界的人，这个尽量把事情做到完美或近乎完美的人，上帝却让他留下最大的缺憾，像一个欠债的人，他最后也没有放过自己，临终没有忘记自己应有的歉疚。

我想对此做一点带有亵渎性的解读，即一生坚持素食主义的他，目的就是为了给这个世界造成尽可能小的负担和给这个世界带来尽可能多的精神，最后上升为一种生命信念。但当危及生命的疾病袭来时，他不得不做一个非常痛苦的抉择。

如果能保住生命使自己悉心准备多年的理想得以实现的话，

暂时放弃素食主义是值得的。其实，这个选择同样是无我的，这与他的一贯思想一致——个人的存在并不重要，最重要的是存在对这个世界的意义。可以想象，他最后放弃素食主义忍受着怎样的痛苦和希望的折磨。但这里有一点可以确定，即如果知道自己放弃素食主义仍徒劳无益的话，他一定不会给自己留下这"终生最大的遗憾"，以他的性格和人格品质他会选择另外一种非常平静的方式，以使生命纯洁。事实上也是这样，据说在查出绝症之后，他曾想过选择以最快的速度结束自己生命的方式离开这个世界——因为他的善良让他无法忍受与这个他所深爱的世界的漫长告别。但听了树才先生翻译他最喜爱的法国诗人雅姆的《十四篇祈祷》和一些朋友的话后，他开始真正宁静下来，在病榻上整理好自己的最后书稿，料理完自己的后事——比如葬礼不要放哀乐要放贝多芬的《命运》、将骨灰撒在自己最热爱的村边麦田、在已经不能握笔的情况下由妹妹马建秀执笔记录下留给人世的《最后几句话》等等后，1999 年 5 月 19 日 19 时，体面、尊严、平静、圣徒般地离开了人世。

而在几个月前他曾在电话中对一位挚友说，他把 40 岁当成生命的另一个开端，开始真正的人生写作。在《最后几句话》里，他是这样说的："五月开始整理、修订自己的全部作品。在这之中我深感自己写的作品数量很少。我曾在一篇短文中说道：在写作上我没有太大的奢求，一生能够留下 20 万自己满意的文字就感到非常欣慰了。但我尚未度过半生，许多想写的作品都未能完成。本来我将 40 岁作为一个新的开端，40 岁确是人生价值、写作观念、写作方法成熟的一个转折。同时我最大的遗憾即是没能写完我悉心准备了一年的《一九九八廿四节气》一文。"是的，是另一个开端。他只能离开他热爱的世界，到上帝那里去开始真

正的写作了。为什么要给他这样的惩罚抑或上帝的回报？为什么给予能够忍受痛苦和孤独的灵魂以更大的痛苦和孤独？为什么不能让他走得轻松潇洒一点——难道上帝没有教会他这个本领？

苇岸让我不时想起那位一生忍受痛苦、孤独和质疑的奥地利籍犹太指挥家、作曲家——马勒。这位和苇岸同样热爱大地、生命、艺术并具有神秘感的音乐家，一生在繁忙的指挥间歇中写下10部交响曲（第十部未完成）、大量艺术歌曲和管弦乐作品，还有一部以中国古诗为题材和苇岸的《大地上的事情》和《一九九八廿四节气》风格和灵魂几近的交响作品——《大地之歌》。最后因病辞世，人们后来这样描述这位和苇岸有些相似的音乐家："他的音乐超越庸俗的琐碎生活，使人始终高高在上，升举于空中或高山之巅，注视着人类，凝视着自我，保持着精神的纯洁、力量和高贵，保持着一个独立的人的失望和希望、痛苦和欢乐……"（爱德华·谢克森《马勒》）但就是这位去世50年后才得到世界认可、承启着19世纪、20世纪音乐的音乐家说过这样一句话："我的时代终将来临！"（引用同上）。我觉得他的预言同样十分适用于苇岸，一个极端物质和权力主义的世界必将走向它的精神和物质坦途，而苇岸正是站在世界的另一端唤醒人们早日走上坦途的人，因此，苇岸的价值和意义对于这个世界如此显而易见。

遗憾的是，上帝没有给苇岸足够的时间让他完成更伟大的作品，在他的作品中也只能读到类似马勒第四交响曲中的雪橇铃声和大地上炊烟袅袅的美丽凄绝景象，类似"《巨人》、《千人》"（分别为马勒的第五、第八交响曲）等生命乐章刚拉开序幕，却像一棵正在旺盛生长的树戛然而止了。但这并不会太多损害或影响其对于这个世界的价值，他的存在本身已经预示着一个时代的开始——他的作品更加完美和趋于成熟是文本和艺术意义的，苇岸在这个时代的意义不可替代，正如马勒所预言——苇岸的时代也终将来临！如果让我选择一首纪念他的音乐，除了他指定的《命运》，我会毫不犹豫地选择马勒的《大地之歌》。应该说，这些与马勒、苇岸相似的大地灵魂是大地、天堂、上帝之间的纽带，它们离上帝最近，它们的声音也最近似上帝的声音——最有活力和希望的人间天堂之音。

然而，正是这个具有类似上帝使者身份的人，更像一个处于深渊边缘世界的守夜者，为这个世界发出一种野兽来临前的危险预警。但由于他的灵魂骨子里的宁静和沉默遮蔽或减弱了他疼痛的呼喊，人们忽视直至漠视了他的嘶哑。或许这会让他更加内疚和决绝，更加不顾一切？令人痛心的是，由于他的谦卑和大地一样的性格，让人们一次次忽视了生命的预警信号和来自他体内的反抗，谦卑者的倒下更让人痛心、悲恸和动容。谁能理解和预料到一个"平凡"的人会发出如此重要的预警信号呢？他如同一个在原始森林里遭遇野兽的人，却由于不能把信号传递给同伴或者即使传递了危险信号也不被理解，焦虑、期盼和祈祷灼伤了他的眼睛和心灵。这个生命的异数，在时代的暗夜，甘愿在这个混杂森林般的世界不被理解，也执意要把生命信号传递给同类的人，哪怕喊哑了嗓子也没有人醒来，这会是一种怎样的伤或自伤？这多像一出生命哑剧，那个最知道世界真相的人却不能开口说话，只能以自己的方式告知他的同伴危险止以怎样的速度和方式降临。他只能在一旁为这个世界吟唱着人生的弥撒曲，祈求上帝的恩赐。然而，危险的魔鬼因此在他身上不可思议却必然地降临了，一步步跟随到生命的最后一刻，并没有放过他。难道这是先行者或先知者共同的境遇，难道都要忍受知晓生命真相、道破天机的痛苦、悲哀、孤独？

　　苇岸在《最后几句话》里说："20世纪这辆加速运行的列车已经行驶到21世纪的门槛了。数年前我就预感到我不是一个适宜进入21世纪的人，甚至生活在20世纪也是一个错误。我不是在说一些虚妄的话，大家可以从我的作品中看到这点。我非常热爱农业文明，面对工业文明的存在和进程一直有一种源自内心的悲哀和抵触，但我没有办法不被裹挟其中。"难道这是同样的宿命？"先行者注定与他的时代格格不入"？

　　然而，就是这样一个不相信生命可以离开土地而进入机器的人，在超越时代和预警同时，以生命的消失（被损毁）又一次向这个世界拉响了呼啸的警报。尖厉的警报声划过寂静的夜空，但并没有惊醒沉睡的人们——这个梦魇的时代给他留下多少深夜的嗟叹和无言扼腕？这个被触疼不顾自己而急于叫醒大家的灵魂，却这样在大家的睡梦一般的沉静中被湮灭、忽略和抹掉了，仿佛什么都没有发生，出奇的宁静和平安。他去世了，人们似乎并没有发觉任何异常，照样过着自以为满足和相互为地狱的生活。人们并不知道世间失去了一位多么可敬的谦卑写作者和为世界喊疼的大地之子，而这样带有生命预见性的异数生命在大地上是多么珍贵和稀有。他的永远离去，迟早会让这个世界为这种损失捶胸顿足，然而此刻它依然在沉睡。

　　他以自己的简朴和纯粹过完宗教徒般的一生，他是这个时代的行吟者和宗教徒。"在大地上我们只过一生"（叶赛宁），然而，他只过了半生。这个为世界喊疼的人在一个生命将要重新开始的时候，未能等到人们听懂他简朴而深沉的话，没有把自己知晓的秘密说完。此时他的离去，无论如何都是大地上的一个悲剧和伤痛。难道真是另一个世界更需要他生命的深情，抑或上帝不忍他的儿子在这样的人间受苦？现在看来，他发出了一种类似神示的声音，如此简朴和真实，让人想到那些用希伯来文写成的、羊皮上的斑斑字迹，或古代中国刻在甲壳和兽骨上的神秘。然而，他的圣徒般的生命密码，未及全部破译便又随生命而去，给这个世界留下永久的遗憾，但这也是大地的真正财富。随着时间前进，目前他尚有些模糊的身影会在大地上变得越来越清晰，直到需"仰视才见"，产生一种让人揪心的痛失感。

正如林贤治先生在《太阳升起以后》的序言里所说："蒙他见赠，《大地上的事情》在我的书架上蒙尘已久，一直未及翻阅。只是到了他去世前夕，我才打开它，来到他那旷阔的、安静的、经由他细细抚摩过的世界。这时，我沉痛地感受到了一种丧失：中国失去了一位懂得劳动和爱情的善良的公民，中国散文界失去了一位富于独创性的有为的作家。"

感谢上帝和苇岸在天之灵，能够让我在苇岸去世5年的纪念日（5月19日）之前写下这些我认为极为粗糙的怀念。也许有些地方或方式还是亵渎，但苇岸一向是宽容的，他一定会原谅我在他曾热爱并可能走过的黄河岸边的粗浅怀念，可以自私地说，这些文字可以暂时让我得到一种精神解脱甚至宽慰；感谢上帝和他让我5年来的怀念和伤痛今天理清一点儿思路并得以系一个结。它曾一再折磨着我，几乎让我无法承受，我曾为自己不能写下一点儿什么而深感不安。感谢他让我在写这些文字时，一次次把泪水和伤痛咽进骨骼和脉络，让灵魂返回朴素和灵魂本身，让血液顺着它的河道流动。在将这些思绪形成文字的大约一周时间里，我得以同步想象和体验他临终前的分分秒秒，我把这同样当成一种恩惠。感谢让我能够这样相对集中地去体验和回忆一个平常而博大的灵魂——这让我非常吃惊，因为他文字的平易我曾一度认

为它们是容易理解和把握的，然而下笔之后，才知道我触到的是一个怎样深和重的灵魂，我发现自己面临的是一个大海，而且有着镭或者铀元素的能量，无论怎样写都只能是它的一个"点"。与此同时我的眼界一下被拓展了，这让我想到这个"一生都在付出和给予的人"，即使在另一个世界也在以同样的方式付出和给予。这时我忽然明白，为什么我对他5年的怀念至今才有一点儿整理成文的可能，也忽然明白他的一位以思索著称的朋友在他周年祭的发言上忽然被哽住，说不出一句话来……忽然能够理解后来这位师长对我说的话：苇岸在当代是一个太沉重的话题！是呵，偌大的世界竟容不下一个善良而高贵的灵魂，这样的时代是可耻的！这样的时代会因有他而幸运……

眼下，即使最偏僻的村庄也被各种机器的怪叫声笼罩了，大地已经没有一处安宁之地。我清楚地知道这是工业文明的后果，是大地和人类永远的伤，也是为他所反对的。这时我会再一次想起苇岸——在我心里，他是医治大地及其居民备受工业文明损害的一剂心灵良药。这就是大地之子——苇岸！从写下这些文字开始到简单修改它们的一周内，我将以素食主义的方式来怀念他，我认为，这样或许能够在更深刻体验他生命最后一刻的痛苦和希望时，让自己肮脏的灵魂洁净一点儿，得以更多地靠近那颗宽厚的灵魂，像靠近一片最丰厚、温暖、纯洁的泥土，但的确不敢奢望能够让他得到些许宽慰！

愿苇岸安息！

# 《情人结》
## ——物质飘荡在空气中

空气中飘荡着花瓣、柳絮或者榆钱，影像中时光好像从空中飘下来……

我很熟悉这部电影里的时光，那些画面曾经就在我身边。这里的电影竟变成了时光回放，让人感觉时光本身有些不可思议起来。那些流淌着纯净的水的河流再也不存在了。它们消失了，仿佛从来没有存在过，而那时的空气、树木、草地和感情也仿佛成了一个永远的传说，这个拆迁的年代一下便把它们翻过去了，记忆消失得仿佛从来没有过记忆一样。时光的残忍开始的时候就已经露出它最凶险的一面。我们都在它的刃下几乎毫无防备便开始了鱼肉刀俎的岁月，转眼我们和周围的一切都成了肉酱，而时光照旧将一切一层层覆盖，像带着泥沙的河水一次次抹去河床的记忆。

但只要你的心还没死，沉淀于血液里的记忆就不会那么被抹去，它顽强地活在一个人的骨子与血液里，会在某一个清晨或夜晚的瞬间苏醒过来。不，它一直在记忆深处的某个地方活着，像种子在墒情适合的时候会猝然爆发，像时光开出了花朵，仿佛一

逝去的故乡桃花

shiqu de guxiang taohua

下将整个世界照亮。记忆的黑暗一下被照亮了，我们才不像植物人一样生活，才使我们的生活具有了意义，时光才能称之为时光，时光本身才赋予自己知觉和记忆。从这个意义上说，霍建起的《情人结》是一部时光之书，在光与影之中使一切生活的细节渐渐复活，这样的力量用镜头把记忆又照亮一次，仿佛在时间容器里的复活，而我们也随着重新活了一次一样。

时光让人经历一次就难以忘怀，几乎每个人都有这方面的经验。记得小时放学后，春天我便到同样的青草地岸边去拔一种我们那儿叫作"荻姑"的茅根嫩苞——甜甜的可以吃的植物部分。河水与青草是那样和灵魂切近，它们很快便可以让人忘记时光的存在，回家时连自己身在何处都已经忘记了，一转眼全村人都吃过饭或天已经黑了。如此忘记东西南北，一生并没有多少次，时光的影像在摇曳中定格，它一直闪烁在生命之中。踏着那样的风与阳光回家时，相信骨骼里都刻满了时光的印记，也就是这样的时光才能真正进入灵魂。我说的电影里便是这种让人刻骨铭心的时光，它们足以让人忘记这个世界上其他的一切甚至也包括自己。这就是时光的魅力。它刻在每一个人身上闪闪发光，而这种光会是每个人区别于其他人的标志之一，也是一个生命个体能够超越时间的唯一元素。每个人都有自己不同的光——它源于生命最初的那一束光。它们支撑起一个生命的架构，然后一砖一瓦开始建成一个建筑，一个人的生命因此建成，而我觉得其他则是一些次要因素。

这样，至少可以说霍建起抓住了他生命中一段特质的光，所以它才如此耀眼有力，让人不得不在光中重新审视和找回往昔的自己。当摄像机打开时，灯光仿佛照进了灵魂深处，我们不得不再一次面对曾经从身上流逝的光。一般人没有能力抓住它们，幸运的是霍建起用他的摄像机将这一切放给我们看，与我们灵魂深处的灯火遥相呼应，这种巫术似的时光重现，让时过境迁的我们再一次面对曾经的我们，这一次，我们清晰地看清了我们。那些日子里，我们的确曾在这样的时光里活过，但那时我们盲目地走在时光里，并不晓得时光到底要为我们留下什么或我们要为时光留下什么，像一个孩子面对未来充满了幻想，但我们或许没有意识到时光同样充满凶险。眼下一切都仿佛水落石出，一切都有了答案，而那些时光却虚幻起来，只有当摄像机打开时我们才知道它们的确在我们身上活过。我们惊异地看着原先以为发生在别人身上的一切，如此真切地发生在我们自己身上，这无疑像看到儿时万花筒里的世界。只不过，那时它像一条自然流淌在地面上的河流，而此时它们流淌在我们的记忆与幻影里罢了。我觉得这就是艺术或摄像机的魅力，这次我们无法无动于衷了。

**场景一：童年游戏**

电影是在主人公及其小伙伴们特定时光里的童年游戏里开始的。那时，童年的要素是锤头、剪子、布和光与影闪烁的机关大院、布满树和植物的绿色，房屋高大而不实用仿佛只是为满足一部分人的私欲（表现欲？）而建……很多人住在一幢大房子里，共用一个楼梯和阳台，像被豢养的牲口，一个机关大院和几所房子足可勾勒出那个时代的线条。那个时代虽然人性被践踏殆尽有着各种各样的畸形，但就像那个没有被污染的环境一样，人们的良知尚未被彻底清除干净，何况从大浩劫之后成长起来的孩子们——那样的镜头温暖而深情，破碎阴暗的环境中光与影的幻想色彩似乎将冷色调遮盖了，可以看出这组镜头非常有力饱满，像雕刻刀一样将时光一点点雕刻出来，故事从这里开始，即使没有后来的爱情，男女主人公之间所特有的这一切已经足以让他们在今后的交往中不同寻常。致命的是一场爱情开始了——这样的镜头安排本来就是一场不同寻常事件所必需的渲染，不然电影将没有力量承受这种浓墨重彩，像那个时代的高烧一样，这场爱情注定要成为承受那场全社会集体高烧蔓延的承载者，它是否能够支撑呢？

**场景二：墙壁**

整个墙面贴满了学生的成绩单，用石灰勾缝的粗糙砖墙是那个时代的特色。把成绩单写在一张大纸上贴在墙上公布出来无疑是那个大字报时代的传统作法、拿手好戏。这也是那个时代人们获取信息的最重要渠道之一，它以自己的粗糙与人们的心灵直接面对，人们一睁开眼睛便会看到它们，这个命运无法逃避的现实。可以说，人们的命运与贴在墙上花花绿绿的纸息息相关，世界就是他们眼前的一堵墙壁与墙上密密麻麻的文字。墙壁似乎变成那个时代人们面对自己和世界的唯一一种方式，人与人之间也变得像墙壁与墙壁之间无法也不敢交流，其他方式的交流甚至以生命为代价，交流的成本的确异常昂贵。它们牵动着人们的血管和神经，成为一个社会跳动的脉搏进而成为一个社会心理文化结构的一部分，并且代替了真正的心灵、血管和神经的功能，最后变成人们命运的主宰。

那个时代，一切真实都躲在墙壁背后不动声色，被虚化得可怕的现实似乎在显得不重要的事实前被忽略了一样——一个时代最重要的细节和环节，一个镜头便足以将那个时代一览无余地送到人们眼前，这组镜头的含义是否是男女主人公的命运依然被这种时过境迁的思维所笼罩？面对墙壁，他们显然没有与之相对的准备。他们在这面宽阔的墙面前无疑显得单薄无力而没有把握，他们尚没有足够的力量和经验面对这样一个无法阅读其含义的东西，于是他们选择用自己的方式与之对抗——把自己的名字从墙上抠去，从集体中走向个人，人的心灵开始走向心灵本身，这样的企求无疑会碰壁，因为它面对的就是一堵不会说话的墙壁——人们已经习惯于用一面面墙壁来面对自己，墙壁也会努力将他们拉过去。那时，人们的日常工作便是制造一堵堵墙壁将自己与别人隔开，将心与心的联系割断，除此他们找不到更好的办法。接下来男女主人公在墙壁面前的对话无疑更具挑战性——在墙壁面前谈情说爱这可是那个时代的最大禁忌——并且男主人公的爸爸刚刚为此自杀、失去了生命，可以说他们并不知道墙壁的力量及其背后的森严与血腥，从这里便让人不得不为这埋藏在背后的凶险而为现实中的他们担心起来。

**场景三：共坐一辆自行车的时光及摔筷子**

共坐一辆自行车这一组镜头非常简洁有力，矮墙及爬过矮墙的绿色植物、木栅栏做成的墙壁、简易厂房、开水房、低矮的房屋，转过两个弯，镜头便完成了它的叙事，一下将事件的环境、情节、氛围交代得清清楚楚，游刃有余，主人公的心理也在其中袒露无疑，就像那个时代没有被污染的阳光把整个时代穿透一样，一切都回到那个时代，复原到原来应有的位置。摄像机毫不费力地将一个时代捕获了，放在人们眼前，有着现在进行时的新鲜与真实，这就是摄像机的力量，一个世界在它面前彻底暴露无遗。如果没有对那个时代属性的理解和把握，将这组镜头做得如此简洁有力而又显得不费吹灰之力、自然诗意谈何容易，这些画面一定不只在导演的大脑里烙下了深深的烙印，而且在脑海里上演过无数遍了，变成了生命的一部分，所以才能如此轻易地信手拈来，可以看出导演凝练生活的能力。是的，这样的生活对那些从那个时代过来的人来说已经烂熟于心了，但真正能将它记下来

的人毕竟是少数，它需要那种一把将生活抓住的力量，然后把它藏在心里用灵魂加以喂养，然后在适当的时刻以自己的方式呈现出来。这不只是一种叙事难度，而是一种生命难度和高度，这样的生命才真正有力，才会有掷地有声的质地。那些一碰便叫喊的人其实是一种虚弱，无法承受一个时代加给他的任何重量，只会给这个世界或一个时代制造喧嚣，这样的人注定什么也记不住，更不要说呈现了。我以为也就是这种力量使霍建起在处理整个电影时都显得游刃有余，像一个时光的阔绰富翁。

其实，这部电影之所以一下吸引我，除了故事本身之外，就是它的这种历史感和时空感。我仿佛感到时光倒流到二十世纪七八十年代那个对于我们民族具有历史意义的时代，霍建起用摄像机构建的世界与那个时代如此统一，往昔生活一幕幕仿佛从他的摄像机下活了过来，每一个细节都具有那个时代的特色，都带着那个时代的光，像古老的器具带着属于它那个时代的气息。比如服饰、环境、光线、语气、生活习惯等属于那个时代的事物，连每一个动作都是那个时代的，让人觉得那个时代真的通过摄像机实现鬼魂附体了。

比如女主人公屈然的父亲屈之恒说话的腔调，明显带着那个时代的特征，在显示自己权威性的同时也暴露了自己的虚弱，他对自己的儿女说：……我这辈子最大的欣慰，就是你们两个，我们两个孩子都考上了大学，一文一理，我和你们的妈妈决不干涉你们的发展，只会尽我们最大的努力帮助你们。我们过去是这么做的，以后还会这样。至于然然提出的问题，我的回答是，我从未诬陷伤害过任何人，过去没有，现在没有，将来永远不会有！（女主人公：侯佳的爸爸为什么自杀了？）答：这是大人的事情，跟你没关系，更没必要跟你讨论。这显然是一种办公室语言。再比如屈之恒在谈对自己的女儿感情的看法时，也像代表党组织谈话一样，一副高高在上的样子，这的确十分符合那个时代。那个时代，除了办公室语言什么都不存在，人们不管在工作和生活中都像生活在一个办公室里——人们的日常生活也被组织统一管理了，任何事物只要和集体发生矛盾就必须舍弃自身而顺从集体利益，包括人格、感情等在内。屈之恒以为这样压一下女儿事情就可以像往昔一样过去了，但没有想到事情远没有他想象的那么简单，他的女儿竟然告诉他说：既然你们不敢说出来，那就是心里有鬼了。这的确是个难题，有些出乎屈之恒的意料，所以他来不及思考便本能地以摔筷子的方式来代替办公室里的拍桌子动作，习惯性地显示自己的威严，这一点明显暴露了一个时代的强弩之末。

**场景四：在邮局大厅里等待打长途电话**

这对现在满大街拿着移动通信工具说话的人来说有些不可思议，虽然时光才刚刚过了 10 多年，只要付出钞票，据说便可以和地球上的任何一个地方的人通话。时代真是变化太快了，快得让人来不及思考便用上这些工具。这一切仿佛在转眼之间，但有多少事物在这种变化之间变得荒诞不经，人们因无暇思考而僵化和麻木。原先人们一直感到十分神奇的科技，以如此迅猛的速度来到身边，甚至来不及让他们想明白是否使用这飞速而至的科技便不得不使用了。时代开始了对这些盲目向往者的剥削，只不过原先是被像机器一样的人剥削，现在变成了被机器本身剥削而已——而机器背后其实是同一副面孔。一线之隔多少情感和时光都被淤塞了，于是故事才有了故事的魅力，才有了铺垫的悬念和余地。这难道是处于不同时光段的人类必须付出的代价？还是我们的质地本身就经不住时光的扫射和穿透，而非得通过一条线或某种工具来沟通？现在几乎连一条线也不需要了，一切都变得无

形，但我们的感情和灵魂更廉价得可以直接用钞票来衡量和换算了。每个人都变成了一个每天都不能为自己而活的非常悲惨的人，我们不知不觉便变成了行尸走肉，感情、价值、理想……转眼一切都贬值了，在人们看来它们是如此多余。

但有一天，人们会发现丢失的是什么，好像大厦倾覆的人群一转眼发现自己一无所有。为了生存而放弃几乎所有的人之所以为人的尊严和自由，除此我们别无选择。我们为无形的欲望劳动，生命变得索然无味，难以想象的是也许很快人类便会创造出一种更加直接的方式来度量人的各项指标，比如用一斤白菜来代替灵魂的价格、用一杯咖啡来代替一场爱情的时间、用一顿午餐来代替生命的长度等……我们每天匆匆忙忙地来不及咽下最后一口饭，甚至根本来不及吃饭便开始疲于奔命——真正在奔命。这时我们是不是会对过去的时代稍有怀念和亲切，那些对此怀旧的人或许宁愿被具体的人剥削也不愿被抽象于具体的物之后的人剥削？世界是给了我们一些和蔼的颜色，我们今天劳动的意义是为这些和蔼买单。我们从一个房间被拉进另一个房间，认识着一个个塞过来的真理，始终都在问着同一个问题：这个时代怎么了？就这样，时光从一代代人身上流过，我们身上满是刻痕，但依然被剥削得两手空空，我们成了时光的一种无效损耗，为时代这台机器的前进做润滑油。于是，这个时代变成了物与物之间的战争，我们只是这个战争中物的一部分，作为人的那一部分被舍弃掉了——与那时相比我们是否被盘剥得更加全面彻底？但就是当时并不发达的通信技术支撑着故事继续向前推移，故事将进入它的高潮阶段。

**场景五：过年**

中国在每年这个时刻，每家都要聚在一起吃一顿象征意义的饭，说一些年年大同小异的话语，然后搞一些娱乐。人们无论如何都要赶在这一天之前回到家里，这就是过年。人们活在隐喻与象征里。不同于那个时代的是过年开始渐渐变得热闹起来，除夕夜电视里开始供应人们特别喜爱的文化食品。但人们没有想到的是，就是这种一年一度的文化大餐，让人们在今后的岁月付出巨大的代价，像某种吃起来爽口的食物，吃下去却使整个精神消化系统发生病变——人们在与此相雷同的各种各样的暗示下，认为这便是文化本身——文化这样一个概念便如此在谈笑间被置换掉了。这是当初那些沉浸其中的人们——包括我自己无论如何也想象不到的，事情怎么一下变成了这样。通过一轮轮文化包装——文化变得只有包装娱乐功能，用这种单一的文化属性来代替文化的整体属性，难怪我们开始变得没有文化起来。这并不单指春节晚会，这种社会性文化的转换是渐变并且是全方位的——文化变成了工具，当然大家都要变成白痴了。

看一下曾经处于饥饿和恐惧中的我们对下一代所说的台词就能明白，这个时代在这一点上根本就没有进步。女主人公屈然的妈妈告诉刚会说话的外孙说：宝宝长大了要孝敬姑姑，长大了给爷爷奶奶买别墅！这些话几乎让成长在这片土地上的每一个人耳熟能详，一代代传下来几乎没有任何实质性的变化，变化的只不过是几个词语，比如把别墅换成房子、面包、金钱等，人们的语汇再也变不出新鲜花样。这个严重缺乏安全感并患有饥饿遗传综合症的人群的想象力同样让人无话可说，难怪文化被变成了快餐，想也不想一下便咽下去了，等到肚子不舒服时还不知道因吃了不应该吃的东西，而是怀疑这个时代出了问题，不仅这个时代，也包括我们自己，只是我们没有觉察也不愿意觉察而已。人们都不愿意承认和面对自己的失败，甚至自己眼里的一切失败。

表面在变化，而我们的确没有变化或者还没有做好变化的准备便不得不变化了，所以这样的新年我们是年年过，但每年我们都过得囫囵吞枣一般难过，直待过后我们的肠胃出问题，甚至这也成了过年的一种意义。

然而，时光还未及褪尽上个时代的颜色，另一个时代便急不可待地粉墨登场了。对于这种角色转换，可以看出人们的确没有多少思想准备，或者根本就没打算准备，我们已经丧失了这种能力。但主人公屈然不同，为了等待去美国的男主人公侯佳回来，她宁肯把自己的感情寄托在两只雏鸡身上也不愿向这个世界妥协，尽管看起来它们那么弱小，根本不可能支撑起她的爱情，这一点她与我们不同。

她买了两只，而且她养成了一个每天看世界天气预报的习惯。对一个人来说，这的确是一种难得的习惯，而我们早已习惯于沉默、麻木和混乱，我们自愿放弃面对一个世界思考的能力。想念或记住某一人或事物的能力本来是一种本能习惯，在这个时代却变成难得的可贵品质，这是我们被改写后咎由自取的痕迹，因为人们甚至愿意这样被改写，时光当然不会再对我们客气。

**场景六：还是锤子、剪子、布**

人物已是下一代，等待命运奇迹发生的屈然走在他们身边，几乎同样的场景，让她感觉到了时光的速度。他们曾经就是自己。人物在时光面前开始变得苍白，主人公只好开始拿起口红，涂在失血的唇上，而她的父母也开始老了，光泽从他们身上消退。

对于一个人来说，这样的时光是没有意义的，或许时光的意义只在于要等待一个结局一样，但这时人成了时间意义的一部分，时间因此而具有物质性，这或许就是时光的意义本身。霍建起的镜头紧紧抓住了这一点，而且转换得流畅而不留痕迹，像时光本身一样不易为人觉察。他似乎在告诉人们，时光是以这样的速度前进：我们在其中慢慢由小到大、衰老、死亡……在一个时光容器里长成并消失。这就是时光的物理意义？时光可以改变人的颜色，包括包裹在人心上的那层颜色，时过境迁，我们的心上落满了时代的灰尘，仿佛故事还是同一个故事，但讲述的人已经变了，变得自己都感到陌生了，甚至不敢再一次面对现实。时间像一场戏剧一样变得无法收场，"等待已经成了我的生活"，但故事还要演下去。这应该叫作无意义时光的物质性，它的唯一作用仿佛就是让时光具有某种质感，像丝绸一样从人们身体上划过，直到时光开始变得粗糙起来，它便开始一点点修复。对于这个以金钱衡量一切的时代来说，更凸显了这种看上去无意义时光的价值。很显然，对于这种特性，人们已经完全失去了，于是我们变成了不完全的肢体。

**场景七：连续的场景组合**

罗密欧与朱丽叶舞剧、主人公和双亲的谈话、侯佳从美国回来了、屈之恒去医院看结果：癌症晚期。等等。故事被一条时断时续的线牵着前进。相互伤害而结疤的心是否可以复原并重归于好？被一个时代伤害的心是否永远伤残下去？人们是否会因此失去基本的能力？人性是否于此走到了尽头？人性的力量到底有多大？时光是否像一服中药一样可以疗伤？电话、名片，转眼故事便到了一个靠物质维系的时代。也就是说，人们可能轻易失去彼此和自我，一切都靠一些脆弱的物质来维系，人们又一次被抛进了不可预知的偶然区域。但故事就是这样被维持的，虽然它并不可靠，不可靠到让我们无法确定它是否真正发生过，但它还是发生了。同一个时代的人在不同的时代里的对话告诉我们，一个时

代已经应该完全结束。它将怎样结束,我们是否具有足够结束它的能力,应该以怎样的方式聆听历史的话语,时光应该以何种方式终结历史?

"我最难过的就是看着自己的女儿不再年轻,变成了一个老姑娘,是我这个做父亲的毁了她一生的幸福,如果我的道歉能被接受的话,我希望你和然然结婚。"两代人就这样被空耗过了。他伤残的心临死前开始变得柔软。至此,我知道故事将要开始它的乌托邦阶段了,没有历史如此具有人性,历史总是将一些具有人性的东西放进自己的焚尸炉,只见袅袅白烟,不可能有这样一个负责任者站出来承担历史的责任。在历史中,人们往往因为自私和血气而宁愿抱愧终生,宁愿一生忍受痛苦、错误和良知的谴责,也不愿说一句负责任的话,这样无论付出怎样的代价都是可能的。但历史永远不会善罢甘休,它会在每一个可能的时刻,露出它最贪婪和丑恶的面孔。历史会像一张纸一样简单地烧成灰烬吗?也许这时最能考验导演的功力。这次霍建起又一次运用起自己运用时间的手段,他用抓住时间本质的部分的手段来叙述故事,时光成了他的一种道具,关键时候便拿出来,这让人无法看清他的真实面孔,他隐在了时间之后。用时间说话这种办法不只不让故事显得尴尬而更显出一种高明之处,尽管这种手法有些老生常谈,但用在这里却恰如其分。好像有人说过,如果有人具有抓住时间的能力就等于抓住了不朽。霍建起用这个办法救活了这个故事,没有一丝急切,像在熬一服中药一样耐心,不慌不忙地进行着每一道工序,而且不忘随手给人们制造一点儿悬念。不过,此后很明显他加快了叙事的节奏,他开始跑向一个结尾,像疲累者奔向自己的家。

婚纱橱窗场景后故事便进入另一种节奏,开始变得一览无余起来，就像眼前的这个时代一样。屈然陪同事去租婚纱恰巧遇上侯佳，故事陡然变得紧张起来，但这只是导演与编剧的一个小噱头，其实是为了给主人公制造重逢机遇的含金量而已。这是一个什么样的时代？屈然说这已经是她的同事为第3次结婚而精心挑选婚纱了——从侯佳的爸爸因被诬陷强奸而自杀到眼下一眨眼就可以结3次婚并且还能选择美丽的婚纱，你是不是觉得时光过得有点儿太快，让人感到有些眩晕的感觉，但它的确每天都发生在我们身边，并且有类似加速度的趋势。你是不是有一种时空的错位感？霍建起要的就是这个，而且可以说每个导演包括每一个搞艺术的人都想要这种效果。他让主人公转眼变成一对时代古董，在眼下纷纷扬扬的情人节大潮里多少显得有些孤单。是的，他想制造出一种古典爱情，尽管在这个时代显得有些不合时宜。或许他觉得无论时代如何变化，这种爱情才是真正的需要，也才是真正的爱情，而并不像人所说：爱情的保质期不超过半年或3个月。而更像主人公所说："不说就是没有改变；永远不说就是永远没有改变。"

看完这部电影，我唯一感到奇怪的是，对于我们这个喜欢记住一部电影或一场戏剧中经典词句的民族，这句话怎么没有流行起来呢？看来真的是时代在前进啊，这古典的爱情语句与这个时代多么不合时宜。霍建起制造这样一个爱情故事到底要说明什么？或许他什么都不想说，但这样的爱情至少会让眼前的这个时代多少感到一点儿不舒服，然而这个时代的胃口适应性很好，转眼就会视而不见了。这样的话，至少会让霍建起感到有些不舒服。也许就是这种类似的不舒服有了这部电影产生的可能性。这也是它的动力之一。

婚礼在毫无悬念中一步步进行，主人公终于历经磨难走在一起。在拍摄婚纱照时，摄影师极力想挑起一些喜庆的气氛，但他看到的却是划过新娘脸颊的两行眼泪。这对那个新生代的小男生摄像师来说，一定让他感到惊奇而不合时宜，他一定不能一下转过弯来，果然他伸直身子惊呆了至少几十秒钟表情才恢复正常。于是，霍建起让时光倒转，让他们在空中飞翔，飞翔到故事尚未搁浅之前。故事让每一个期待的人的心里落下了一块石头。故事结束，但时光还在继续。

　　最后，女主人公落下的泪珠，让我想到波兰导演基斯洛夫斯在《白》中让其女主人公同样落下的眼泪。

　　《情人结》的故事本身极其简单，是那个年代司空见惯的故事之一。故事说的是主人公屈然和侯佳是一对从小住在一个典型的机关大院这一特殊历史时代的产物里的，在同一所学校读完了小学、初中、高中，并且都如愿考上了大学的青梅竹马的小伙伴。这对那个时代的骄子，因为"文革"中屈然的爸爸屈之恒对侯佳爸爸的自杀负有责任，侯佳的妈妈也在寻找证据过程中因车祸失去了双腿。从此两家结怨，致使主人公之间本该一帆风顺的感情历程变得异常艰难和扑朔迷离，像一根有力而透明若有若无的线牵着故事前进。然而，就是这样一对幸运的人，也无法逃脱那个特殊年代的阴影，政治已经渗透到每一个人生活的每一个细节，像瘟疫一样无处不在，四处弥散。和眼下浮躁混乱的时代精神一样，政治这个魔兽已经浸入人们的灵魂内部，相对于其他外在的杀伤力，其实这种内在的杀伤力才是更可怕的，因为人们在没有清醒意识的情况下便已经被改写了，这种灵魂改写术曾经让整个大地布满灾难，而这种灾难分明降到每一个受害者的后代头上，继而成为一种类似遗传基因或血液因子的东西，在每一代人身上以不同方式呈现出来。它像一个魔咒一样套在每一个人头上，在每一个人自以为灾难消失的时刻以各种形式开始发作。人们希望并庆幸灾难的过去，并不希望它像人们所预言的那样发作，人们总是习惯这样一厢情愿。灾难看上去好像过去了，但它的确会以成倍数的方式递增，只要这个世界还没有把那个制造灾难的魔鬼抓住，而魔鬼往往藏在我们每一个人心中。遗憾的是，并不是每一个人都明白这一点。

因为女主人公的父亲在那个年代的不慎，男主人公的父亲被判为强奸。他因羞辱在那个高压的年代自杀，所以男主人公被备受屈辱的母亲告知不能和女主人公保持现有的恋爱关系——这个母亲不顾自己已在屈辱中因寻找证人失去了双腿，因内心充满仇恨和屈辱而心理变态，她开始用非正常的方式阻止自己儿子的爱情，并且为了达到目的而不择手段。就是这样，故事在无力中开始展开。男女主人公长达10年的爱情等待与折磨，甚至女主人公最后不得不以养一对雏鸡来喂养自己的精神饥饿。后来，他们选择在一个小地下旅馆向对方交托后服下安眠药，殉情未果而被公安查房人员"抓获"，并通知其家长认领、男主人公出国……一连串的磨难后，男女主人公终于走到了一起。

这类故事对于充满色情、暴力令人眼花缭乱的当下来说，其实一点儿都不具有吸引力。具有吸引力的是它有力的叙事，是故事的讲述本身仿佛使故事本身具有了魅力。准确点应该说摄像机的叙事力量与难度，因为它抓住了时光的本质，让故事本身具有了一种时光的力量。摄像机在不会说谎的人手里不说谎地记下这一切。于是摄像机不再显得多余，它变成了叙事的一部分，和故事一起起伏呼吸，并且仿佛具有了生命。它和故事一道在等待中呼吸、静默，并默默记下时光的刻度。就像一个忠实观众而又参

逝去的故乡桃花

shiqu de guxiang taohua

与其中与故事本身混为一体，使自己的颜色与时光的色调相一致，它让时光以时光的方式一点点推移，仿佛时光真的能够并开始了倒流。对三四十岁或者再早一些的人来说，这种爱情并不陌生。或许，霍建起想用这种爱情继续支持这个时代，尽管它像稀有动物一样在这个时代消失了。不过，不管怎么说，这种爱情对这个年代并不完全多余——尽管在一些人看来是多余的。

时光像消失的河流依然在你不知道的地方流淌，像世界被豁开的一道道伤口，血一直在流淌。而这血则是另一个时代的泉水，如果我们会加以利用的话，它会将一个时代的纯净保留，将伤口留在记忆中，让人们知道这个世界有真正的伤痛，让我们具有感觉的能力。

音乐留住声音，电影则能留住时光；音乐有时甚至变成电影的一个位格，但它依然能独立于电影而出现。就这样，我定定地坐在椅子上，度过一个下午近两个小时的时光。

我不知道霍建起是怎么忽然一下想到去抓住那些飘荡在空气中的物质的。

# 《姨妈的后现代生活》
## ——后现代的月光

### 一、最残酷的后现代表现

老式绿皮列车、绿色原野等一些前现代或现代景物从画面里一闪而过，这些对从另一个后现代语境里来度假的姨妈的外甥宽宽来说是"新鲜的"。故事将以这个从后现代走向后现代之后的世界角色为视角展开，因为这样的叙事方法，有利于提供一种新鲜度和陌生感，更有利于解剖这里现代与后现代混杂的社会生活。从宽宽的角度来说，上海虽然是中国最后现代化的城市，但比起他从小经历的影像世界来说，也只能是一个社会转型期的中转站而已，它提供的是一个类似城市人回乡的经验世界，这样让人对中国所谓的后现代主义的生活解读起来有一种解构的快感和高度。这种俯瞰法降低了叙事和分析的难度，同时使生活变得有层次起来。所谓的中国后现代生活，其实就是年轻人到城市打工的社会运动、城市人养猫与鸟的运动、大规模造城运动、AA 制和他人为地狱的虚伪社会伦理道德观、日益尖锐的社会矛盾以及各种各样的混乱秩序与不安全感和压力因素等，似乎后现代这个

词语为这种畸形生活提供了一种合理性阐释，这显示了一种词语的构造能力，一个词语似乎一次性解决了所有问题。后现代这个称谓像一个破烂的鱼篓，所有的死鱼烂虾都可以装进来，就像城市可以装进一切，但眼下的混乱并不是这样一个概念所能轻易表征的。

姨妈叶如棠当年是一名上海知青，风华正茂青春岁月的她，在20世纪50年代的中国上山下乡现代社会运动中来到东北鞍山接受贫下中农再教育，生活好像一下从天堂落进地狱，但人生经验也一下从前现代进入了后现代语境。像几乎所有下乡的知识女青年一样，她遭遇到人生最悲惨的变故，没有熬过最艰难的岁月。为了自我保护，对生活失去信心的她放下自己的高傲，嫁给一位当时被意识形态称作地位最高的工人并且生下一个女儿——这一现代社会运动的怪胎和代价承受者。然而，后来一有回城的机会，她便毅然抛下丈夫和女儿回城，不顾一切地开始自己所向往的现代新生活。社会转型的代价结实地落在那一代的每一个个体身上——庞大的社会压力不公正地落在一个个真实的肉体身上。但事情远未结束，也就是这一代人及其后代刚要喘口气时，迎接他们的是又一次社会转型——经济社会后现代转型。一代人承受两次大的社会运动，他们经历了前现代、现代和后现代之间3个社会发展阶段，即使用历尽沧桑这个词来形容也一点儿都不过分。社会运动这架机器需要他们作为高级润滑剂才能正常运转，社会运动的切刀以不同的方式在每一个人身上划过，他们从里到外一片贫乏，像冬天时一枚在风中颤抖的树叶，但他们又觉得必须保住自己作为人最起码的尊严和体面，这是一个极具难度的事件。叶如棠告诉外甥宽宽说："这幢楼里头上上下下都是瘪三，像我这样堂堂正正的大学生是没有几个的。你姨妈过去年年都是先进工作者，没有一个人不夸奖的。像她这样的人不就是有几个臭钱吗……你姨妈不同，你姨妈不外露，一生清高！"是这样，在这样一个后现代社会里，姨妈除了清高之外，几乎一无所有。姨妈叶如棠依然没有真正迈进后现代的门槛。

姨妈与后现代主义最具戏剧性、最好看的具体遭遇，应该是外甥宽宽设置的那场后现代游戏的绑架案——后现代主义者总是喜欢向着自己的亲人开炮，就像后现代总是对现代主义以杀回马枪的方式而存在一样。外甥宽宽为了给自己喜欢的女网友六公主到韩国去为被烫伤的面容整容筹集资金，他想到了一个最具后现代色彩的解决方案——他和六公主一起向姨妈上演了一个绑架的后现代游戏，这对现代化的姨妈的确是一个超出想象力的游戏。这个富有马克思主义机械思维的老太太只好以自己的方式面对这场游戏，但宽宽和六公主一定感到极不爽，暗称姨妈没劲，因为他们喜欢用后现代的方式解决问题。当他们把姨妈送到指定地点的 5 万块钱拿走时，他们却遇到了现代化角色的警察，后现代叙事节奏被打破，故事讲不下去了——宽宽必须为一场后现代游戏付出的代价是：提前被遣送回家。后现代叙事遇到障碍后，它将以另一种维度出现。

姨妈给从外地来度假的 12 岁外甥提供了一种后现代生活解读视角，使生活以一种横截面方式呈现，这种不同的生活视角更易于发现生活和人性本质——因为生活细节的沉浸往往使人无法发现生活的秘密本质。而一个生活层面的人观察另一个生活层面的人往往更容易抓住其要领，因为庸常的生活使人的感知能力趋向于其庸俗的方向，它使每一个敏锐的个体失去其感受力，以致成为它真正的奴隶。

另一个主要角色的出场，同样具有后现代表述效果，因为他是以极没有后现代话语的方式出现的。骗子潘知常在离后现代最远的京剧唱腔里出现，一段《锁麟囊》里的经典唱段《春秋亭外风雨暴》让姨妈热血沸腾，但也就是这个唱段给电影增加了一些后现代叙事的因素。经常到公园练太极剑的姨妈果然禁不住这段唱腔的诱惑，循声而至，钦慕之余，从此结识了江湖骗子潘知常。

潘知常说："我是个杂家，我自己也很难界定我到底是什么身份的人。我教过书、专门研究楚辞，做过中医，常年研习水墨画。我一生只对美的东西感兴趣，美食、美人、美景，不美的东西我一眼也不能忍受，比如屈原的离骚，整个都是对美的追求啊，他用芳草美人来表现他的品质。我年轻的时候写过两句诗：平生只有两行泪，半为浮生半美人。我的性格可能因为受我母亲的影响吧，我父亲过去是丝绸商人，我母亲是他的二房太太，我小时候，忆生来，胆小怯空房，很恐怖很阴暗呢。我母亲因为失宠，很落寞，脾气很暴躁，我的童年很压抑。我没见过像我母亲这么严厉的母亲，除了逼我读诗书，从来跟我没有任何交流。只有我姨妈对我关爱。小时候我写了诗给她看，她评价我的诗是：君诗如美色。她说我的诗像美丽的女子，我当然是沾沾自喜、自视甚高了……红尘知己难寻哪，这顿饭我请了！"一段疾风骤雨般的台词下来，姨妈已经钦佩感动得说语无伦次了。而这段说辞，可以说是集当下骗子与虚伪人士话语之大成，从语言的密度到速度，从宽度到高度，从感情到理性，可谓头头是道、纵横捭阖，这样一个高级骗子或混混的出现的确超出了姨妈的"知性范围"，从一开头就注定了一场一边倒的游戏。或许是后现代的空虚与贪婪，使姨妈最终放松警惕直到最后被骗得一干二净，回到她当年拼死也要逃离的乡下所在地，和自己已经离婚的男人团

聚。但无论怎样，姨妈是玩了一把后现代游戏。从另一个角度
说，一个马克思主义姨妈遇到一个解构主义江湖混混，结局也是
预先注定了的。

利用京剧的歧义性玩了一把后现代主义的游戏，这对姨妈来
说不管轻与重，都是一种必然的经历，不然她不会老老实实地回
到鞍山，更不会那样死心。因为这个游戏对于她来说，其实具有
一种恶意，这一点她的心理像一个赌徒，趁现在还有机会她要浪
漫一把，这样的机会她不想再放过，用弗洛伊德的理论说，不是
潘知常成心要骗她，而是不骗她不忍心，她几乎摩拳擦掌、嗷嗷
待骗，已经等不及了。所以潘知常很容易便骗到手了，她几乎主
动投怀送抱。其实，这是表明一种对后现代生活的厌恶，不然她
不甘心回到鞍山。一个后现代主义的游戏或美丽的梦幻，便让她
彻底与后现代生活告别了，她何乐而不为？这个在那个后现代语
境里感到窒息的人，只有想办法回到现代或前现代语境里去，不
然她一刻都不会踏实。当然，前现代语境已经几乎被全部现代或
后现代掉了。姨妈一生节俭下的两万块钱就这样被用后现代的手
法消解掉了，尽管这样的后现代游戏成本有些太高。姨妈在一场
墓穴投资的骗局中，终于把自己成功地送进了墓穴之前的人生
岁月。

孩子患绝症的打工妹金永花因交不起住院费用被迫拔掉氧气
罩，遭到起诉被关进监狱的境遇，最后彻底打击了濒临精神崩溃
的姨妈。她从高高的高架桥台阶上被摔成严重腿部骨折，住进医
院并且终身残疾——又一后现代残疾个案，治疗过程中一度出现
幻觉。这时姨妈实在没有办法，才给被自己抛弃的女儿通消息，
让她照顾自己，但她们母女已经十几年没见过面了。女儿果然对
她表现出异常冷酷的后现代面孔，病痛中的姨妈在世界上最后一

丝幻想破灭了。她知道上海这个地方已经待不下去了，她只有随女儿回东北鞍山，那个曾经被自己所抛弃的地方又一次收留了她。

最残酷的后现代表现是，电影最后又一次让姨妈的外甥宽宽出现，它要在宽宽的眼里活生生地展现这种现实；在这个现代社会运动产物——钢铁工人现实家庭生活的背景下，不需过多的叙事阐释，后现代的遭遇一览无余。这里没有过多交代，只是再现一些现实境况：下岗、失业、穷困，一切都一览无余。而且，他们对眼下发生的一切只有无奈和麻木。而在这个将要去澳大利亚上学的后现代男孩眼里，这一切无疑又是一场梦幻。我宁肯认为这里叙事交代是一种人们截然不同的后现代景象。姨妈被迫放弃上海生活后，和丈夫重新在一起，每天到大街上摆地摊卖鞋做生意聊以糊口，她只能通过收音机里传来的京剧唱腔去感受熟悉而又陌生的都市生活了，她像在另一个世界生活。

最后，地摊后面打开盛咸菜的饭盒，拿起一根咸菜放进嘴里，接着拿出一个白白的东北大馒头，开始咀嚼起来。这个画面极具震撼力。姨妈仿佛只有在这样的生活中，才会感到稳定踏实，没有一丝不安全感，只有这样的生活才属于她自己，那些灯红酒绿的后现代生活并不真正属于她，尽管她在那些地方生活了几十年。这些后现代元素似乎与她格格不入，所以她最终必须回到她不可逾越的原始状态，后现代遭遇对她来说仿佛一场海市蜃楼。

## 二、体面与不体面

后现代主义：与解构主义关系密切的"后现代主义"，是20世纪80年代的一个时髦词汇。它的确切含义很难确定（因此这个词本身就是后现代的）。思想的零碎化也体现在这样一种趋势中，即对于不同的学科，后现代主义有着不同的意义。它们都想使用这个术语，把它当作一种急需的整合原则；需要有一种后现代主义经济学和社会学，以及后现代主义建筑和诗歌，甚至后现代主义科学和技术。每个人都用它表示统一的丧失和综合的缺乏；它意味着彼此不可通约的多重话语、不同的"语言游戏"和生活世界。（罗兰·斯特龙伯格：《西方现代思想史》）

姨妈：从原来最不体面的生活中，回城后考上大学，过了一段时间的体面日子（其实有另一种不体面，这种以丧失自由人格为代价），但经济社会转眼让她陷入另一种不体面之中。她的冰箱和空调因为外甥要来故意不打开，甚至连电话都标明和公用电话类似的价格，而且经常受到邻居富有的水太太的嘲笑和摆阔的骚扰。她的学问已经变得像文言文一样要被这个后现代世界抛弃了，姨妈活着活着就成了一个标本——这是一个人最不体面的生活方式。也许只有她打开鸟笼放飞那些鸟时，她才能稍稍恢复一点儿人的尊严，但利用动物恢复自尊应该说是一种最残酷的方式。现在她的生活似乎成了没有支点的虚无，养鸟和练太极剑似乎成了一个权宜性的支点，但谁都知道这是一种无效支点，像一架对不准焦距的相机。姨妈的生活的确体现了一种后现代生活特点，这与她的思想历程相关。比如她由原先一个现代伦理价值主义者，渐渐变为一个对自己价值产生怀疑，甚至趋同与自己不相同的潘知常的价值观，这种价值观混乱和虚无的后现代特色是她上当受骗的最终原因，从这个意义上说，她只能是一个被动的后现代主义者。最后这个最体面的理想主义者却要忍受最不体面的物质匮乏和价值观混乱带来的羞辱和苦难。

潘知常：用几乎最体面潇洒的方式从事最不体面的职业——

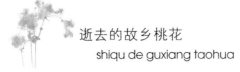

骗子，唱京剧、写诗、研究屈原、杜甫、热爱一切美的东西，这些全部成了工具或道具。从这些意义上，潘知常应该说是一个解构主义者，他距后现代主义只有一步之遥，但从他的手法上说，他应该是一个古典唯美主义者，他的每一步都做得非常到位，而且讲究章法和美感，可以说这个角色丰富了当下后现代主义这个多元化的概念，尽管这样说对这个概念有些反讽的意味。

水太太：拥有最体面的物质生活却过着和怀里的猫一样的类似动物的最不体面的人生，最后竟然因为自己的猫飞飞的意外丢失而导致心脏病发作死亡，她所有的尊严与精神支柱都寄托在一只不体面的猫身上。上海这座中国最后现代的密集高大建筑的城市，它的体面经常被摄像机扫到的那些低矮的前现代建筑和嘈杂脏乱的平民菜市场所破坏，像一个体面人最不体面的出身。

宽宽：在后现代时空里摔断了腿，留下一个后现代的终生遗憾——成了一个瘸子，连喜欢同样因烫伤致残的六公主的资格也没有。本想玩一个刺激的后现代游戏诈骗姨妈的钱为六公主到韩国整容，但游戏毕竟是游戏，用他自己的话说他再也没脸见六公主了，在他看来这可能是天底下最不体面的事情了。

刘大凡：姨妈的女儿，是被姨妈当年抛弃生活的一部分。如果说宽宽和飞飞的后现代残疾特点主要体现在身体上，刘大凡的后现代残疾则主要表现在精神上，她的内心充满被遗弃的叛逆和怨恨。她是典型的社会从现代阶段向后现代阶段发展的牺牲品，甚至在被生下来之前命运就已经被注定了。精心修饰的外表无法掩盖心理的残疾，这个形象有着典型的心比天高、命比纸薄的后现代境遇，后现代物质极大丰富的外在客观世界与主体残酷的现实构成一种巨大心理反差，使心理畸形朝向更恶劣的方向发展。刘大凡心理残疾更多的是现代与后现代社会心理畸形的体现，甚至是两个相互掘墓的仇恨心理，这个形象无疑是社会被撕开的一道深刻伤疤。

在取消个体意义的后现代意域范畴里，也许意味着在后现代意识主导的社会里每个人似乎都难以维持自己的尊严。它呈现的是被撕裂零碎人性之间的关系。它甚至不使用尊严或体面这些现代意识的字眼。这意味着个体只具有被折中的人性，进入一种"信奉断裂、零散化、非理性、易变性的后现代阶段"。

### 三、电影的隐喻意象

先天或后天残疾性是后现代从现代的蜕变过程中付出的一种残缺的代价。比如姨妈的外甥宽宽，这个极富后现代意味的少年，在画面里是拄着双拐出现的，我以为这是一种关于后现代的隐喻性诠释。他被后现代摔断了双腿，腿上打着坚硬的石膏，并且终生残疾。后来只能暗恋自己所喜欢的女孩，因为后现代女孩不喜欢这个走路有些瘸的后现代男生，这似乎像给后现代打上一道耻辱性烙印。借助这个形象，可以说明后现代将是一个倾斜与不稳定的意象。

宽宽的网友六公主本来是一个美丽的姑娘，因为父母现代化的离婚事件，把她托给外婆带大且被烫伤了几乎半边美丽的面容，还好有后现代的发型可以遮盖一下。这同样是一组后现代主义因为现代主义的先天残疾而使它无法完整而健全生长的说明。但她说，她那穿过现代背影的前现代外婆已经患上后现代的老年痴呆症，她连泄私愤的机会都已经失去了，而且外婆成了她后现代生活的负担——离婚后的现代化父母既无法承前——赡养老人，又无法启后——养育儿女，这也许就是现代化在中国语境的后现代尴尬。

　　另一组隐喻性诠释是打工妹金永花的孩子。这个在酒店打工的女子被酒店拖欠了工钱,向对方讨要时双方动了手,最后钱没要到还被打伤了。她一边哭脸上的伤口一边流着血,后来,姨妈被带到那个患呼吸衰竭症的孩子病床前,她们最终都没有办法救孩子的命。在一个深夜,走投无路的金永花拔掉了孩子的氧气罩。这是否隐喻了后现代主义像这个患呼吸衰竭的孩子一样,具有先天衰竭和巨大消耗母体的特征?

　　电影里面一个最大的隐喻就是姨妈自身,她其实只是一个具象化了的意象而已,她是一个没有具体所指的整体性概念。如果仔细想一下,也许会有一种似曾相识感,因为这个意象我们每天都与它在一起,它就是眼下这个像姨妈一样步履蹒跚的意识形态本身,它穿过几乎整整一个世纪的风雨,像那个当年下乡回城的知识青年一样,它一步步穿越现代与后现代时光,拖着一副沉重躯壳来到真正的后现代门槛。但本身固有的局限,使其无法逾越历史时空,它只能往后退,回到完全属于自己的时代。这是一种不得不面对的现实,只有真正地面对才能跨越后现代的结构破碎与凌乱,做到与世界意识形态真正一致——无论有着怎样现代或后现代的外表,我们依然与坐在地摊后面就着咸菜吃东北大馒头的姨妈无异。

　　与西方社会不同的是,我们的历史与现实也许有着一些后现代的特点,但我们的确不具备后现代的思维与逻辑特点,因为这是西方社会几千年文化几乎没有断层的传承所致。这一反差注定会让我们在悖论与分裂的情境中补课,直到我们的思维与社会发展的后现代产物相符合,形成一种内在逻辑发展关系。不然,社会只是前现代阶段的后现代呈示而已,就像姨妈对生活的跨越,最终还是要回到生活的原点。其实,电影把故事发生地选在上海也具有一些隐喻意义，它的最大限度地追求物质刺激和人性特点与整个中国形成一种互文关系，它与中国的现状与形象有着最大的契合方面，也可以是一种神似，上海具有先锋性和典型性，其他地方的发展以这个所谓国际化大都市为其蓝本。表面上看我们已经具备了一些西方世界的后现代表征，但我们内在的人格精神和心理结构可能还需要更多的时间。

里面最让人心碎的一组隐喻意象是宽宽网友六公主的奶奶。老人在这个电影里一共出现过两次，一次是宽宽到家里来做客，六公主让她为宽宽表演节目，她错把宽宽认成了昔日一个叫方先生的人。在六公主递过来的镜子里看到自己的苍老面容后，竟然一阵狂笑。在六公主提示下，她意识到该上班了，然后吹着挂在脖子上的哨子离开。这时，六公主告诉宽宽，这就是她的外祖母，4岁时她的父母离婚后把她交给外祖母，在一次洗澡时因外祖母不小心，她滑落到煤球炉上烧伤了半边脸。外祖母成了一个后现代社会里的前现代或现代的活标本，她活在自己记忆的世界里。最后一次出现，是外孙女六公主让养老院里的人把外祖母带到养老院里去，因为她找了工作。外祖母以原初的本能经验判断来拉她的人是坏人，疯狂地从家里跑出来。但听到六公主告诉她，他们不是坏人，而是带她去看儿子和儿媳时，她仿佛瞬间恢复了正常，甚至恢复了往日的人性高贵，连忙对那些人道歉，然后顺从地自己上了车。她一边走一边说：早知道，去看你阿爸看你阿妈，哎呀早知道，买点粽子和汤圆带去就好了。对，买粽子、汤圆……最后外祖母关照六公主门是否锁了、煤气是否关了，仿佛前现代或现代对后现代的最后一份遗嘱，而后现代早已练就了一套对付前现代或现代的手段。她被成功地带走了，脸上甚至带着一丝笑容。这个患老年痴呆症的老人隐喻着后现代社会

的整体性特征。"今天，它患上了一种文化上的早老性痴呆，处于四分五裂状态。在试图应付紧急的社会问题时，我们没有使用大量的相关分析。"我并不认同对后现代的这种结论，但就像后现代这个概念本身，这个结论也应该是具有后现代色彩的。我觉得，后现代另一个特点可能是与传统断裂的彻底性，此前我们总是与"历史"藕断丝连。

电影关于京剧、古典诗词和艺术的隐喻利用，符合当前的后现代特色的社会规律，这个时代的确是一个利用这些曾经为人类带来精神愉悦与满足的艺术门类而赚取利益的时代，它们曾给这个世界带来馈赠，现在人们应该尝尝它的另一种味道了。这里可以说，潘知常是一个具有隐喻功能的社会角色，从这个意义上，这个电影仍然使用的是一种现代叙事话语系统——它一再出色地使用了隐喻这一手段，可以说这是一种后现代手段的现代表述手法。

## 四、对后现代的最后注脚

从广东到上海来发展的"江湖混混"——潘知常，后现代手法的行骗术。这个骗子最后离去时的背影非常高大潇洒。这里给了他一个传统意义上用来形容高大形象的长镜头。这是一个非常有意味的结局，它几乎是一种隐喻，即在这个以后现代著称的世界，行骗似乎是一件最体面的事情。

后现代式谋杀，和以前的谋杀对象和方式有所不同，它以一种自毁的方式进行，打工妹金永花只需把给她的女儿供氧的氧气罩从她的鼻子拿开便完成了一次谋杀行为。因为她即使靠行骗也无法为女儿筹集在医院的治疗费用，但杀死女儿就要坐牢，这一点她在行动之前就应该知道，所以在姨妈叶如棠探监时，她并没有多少痛苦要倾诉，因为她只需服刑，而无须再到街上施行骗术。

后现代依然会有现代或前现代的本能需要，在病床上的姨妈叶如棠被穿过现代与后现代时光在窗前掠过的前现代月光惊醒。这其实就是一种前现代月光的后现代呈现。它的含义依然充满温暖和绵绵情意，依然能够唤起姨妈最朴素原始的情感反应。她一定感觉到它那么美和亲切，一定想起自己最美好的岁月，后现代依然需要古典的它做支撑，它可以让一颗后现代破裂、孤寂、寒冷的心复原。同样一轮月光，也让后现代少年无法入睡，他站起来来到门外，像看一个世界奇迹一样注视着那轮圆圆的月亮，同样为后现代主义所迫的表姐也来观看这轮来自前现代的月亮，他们都无法在这样一个安静的夜晚安然入睡，前现代月光在这个后现代的夜空来得如此令人猝不及防。后现代少年告诉表姐，因为自己的残腿这后现代的硬伤使自己无法去爱自己喜欢的后现代女孩子，因为后现代主义追求唯美、无法忍受残缺，而这种叙述也只能在这样有月光的夜晚，不然就会显得荒诞，因为后现代主义不会用这种传统的方式讲述爱情。月光这时使人性变得柔软起来——而月光是后现代主义所无法阻挡的，它会穿过黑夜的寒冷为后现代恢复混乱不堪的秩序和人心。也只有在这样的月光里他们才能真正安然入睡。人类精神依然需要前现代情感慰藉，但人类依然踏在一条在现代主义之后的后现代主义不归路上，这是一种永远无法回复的终极期盼。

年轻时从乡下回城与腿被摔后刚出院时两个镜头的重合叠加，使用得非常到位地道。后现代的层次是宽宽——网友——潘知常——女儿——叶如棠——叶如棠前夫。变成一个标准的农村老太太之后的姨妈叶如棠，变得特别满足，因为她觉得自己终于有了一个归宿，而这个归宿正是她当年被欺骗而又拼命挣脱的地方，转了一个圈又回来了，却有了从未有过的满足，这是一种摆脱后现代主义的不安全感的满足，人生像一个原地不动的循环游戏，但转眼一生时光过去了，人生像一场梦，而她的满足感来源于这个人生之梦终于有了一个落脚点。煤球炉、黑色铁皮水壶……这一切对她来说十分熟悉，她几乎不用任何适应便轻车熟路，这样的生活仿佛她血液的一部分。这是现代社会运动没有摧毁的一部分，经历后现代大都市的姨妈，像鬼魂附体一样回到自己原来的生活，外加一种负罪感的自我救赎。

京剧对照使生活变得有层次，原先是一种面对面，现在则通过现代技术——收音机里才能听到，像是一种遥远的过去，恍若梦中。一边吃咸菜一边吃东北大馒头，生活仿佛一下从后现代回到了前现代，从工业文明回到了农业文明——用来腌制咸菜的豆角同样来自前现代的土地，同样一张嘴咀嚼着两种文明，经历过现代与后现代主义的姨妈脸上几乎没有任何表情。

这也是对后现代最后的注脚。

# 《二十四城记》
## ——后工业与特殊消费时代的电影

### 一、二十四城芙蓉花，锦官自昔称繁华

"二十四城芙蓉花，锦官自昔称繁华"，是华润置业集团推掉国营重点军工企业成发集团的厂房建筑之后，为自己在其上建成的成都房产项目所做的古典诗意的阐释与概括，把它用在电影开头当然有其特殊用意。不过，如果用时尚而直白一点儿的语言来说也可以说是广告语，华润集团试图以此表现自己的宏大气魄与古典诗意的特点。与众不同的是，华润集团想拍一部电影以影像的形式纪念其成立 70 周年，贾樟柯想拍一部反映国营企业变迁的电影，他们在这个点上找到了共识。基于电影被认为是一种艺术形式，如何拍这样一个电影便成了一个问题，他们只有在精神层面上寻找契合点。于是，电影一开始就在上面打出了这句类似古诗的不是十分工整的对偶句。贾樟柯更是给出了一个信誓旦旦的承诺：他立意要拍摄"中国当代经济的演变"，"一个厂，一座城，一个时代，一部延续 50 年的群像史诗"。

华润集团和贾樟柯在这里找到了一个双方都感到体面的最佳

结合点，余下的问题，就是怎样将这一体面的诗意与史诗诉求填满放映机的每一个方格。《二十四城记》不只做到了这一点，而且做得很充分。比如它采取了一种宏大叙事的方式——50 年的时间跨度、朝鲜战争所导致的东北沈阳军工厂向西南成都的大迁移的空间转换、经济体制转型期社会的结构性变化、中外诗人对于客观世界解读与认识方式的诗意运用等，至少在电影形式上使《二十四城记》获得了一种诗意与史诗的形式感。而且从电影海报上看，从第 61 届戛纳电影节正式竞赛片、挪威南方国际电影节（2008）费比西国际影评人奖、美国《电影评论》杂志 2008 年度 10 大佳片、第三届亚洲电影奖最佳摄影及最佳音乐提名，到"首度公开被遗忘的那些人和他们的生活和集体回忆尘封在时间里的信仰、青春与热情"这样的宣传语汇，可以说电影的每一个环节都做得十分充分——是什么使其做得如此到位，应该说是电影《二十四城记》艺术化和形式化背后的一个秘密所在。

从电影性质、电影出身、电影运作模式到电影制作推广等各个环节来说，《二十四城记》都是一部具有商业电影精神的、纪录片形式的商业剧情片。仔细观察，会发现支撑电影诗意与史诗叙事的是背后庞大的商业气场。如果从电影里抽出这一决定性因素的话，诗意与史诗叙述会发生结构性的轰然坍塌。所以，无论贾樟柯怎样调动内外资源——请吕丽萍、陈冲、陈建斌来做主演，请诗人翟永明做编剧，请日本电影配乐人半野喜弘等都无法改变《二十四城记》商业片的基本气质。而这可能恰恰是贾樟柯需要花费最多脑力之处，对于有着足够电影编导经验的他来说，运作一部电影的技术手段不是问题，问题的关键在于怎样将一部电影明确的目的性隐藏起来，给人一种神秘感、诗意感和史诗感。

《二十四城记》的难度其实正在这里，诗意性与史诗性在这里被赋予了阐释性甚至包装的意味，正如华润集团用古典诗意方式来诠释自己的商业行为一样。非常遗憾的一点是，仿佛整部电影都处于一种证明其合法性的紧张度之中。这一点很像报告文学写作者很在乎自己的文学合法性一样。从这个意义上，说它是一部具有后工业与特殊消费时代技术色彩的电影应该不会有太大出入。

## 二、一思考电影形式，贾樟柯就会乐

《二十四城记》是一部形式感很强的电影，比如它由三代"厂花"叙述构成的独立清晰的块状结构、摄像机的每一个镜头都具有冲击力的质感效果、叙事和诗歌语言赋予电影以生活的立体美感等，但引人注意的还是贾樟柯在《二十四城记》里对于纪录片形式的运用。这种形式创新成功地吸引了人们的注意力，以致对《二十四城记》电影的讨论变成了一种电影形式的讨论。

如果看到那么多人都在讨论《二十四城记》的形式创新问题，贾樟柯导演一定乐坏了：他就是想让人们对于《二十四城记》的理解与思考在形式创新这里止步。他想让人们看到的是电影这种形式所带来的美感和利用艺术所产生的错觉带给人们一种伪现实感，甚至可以说他想让人看到一种影像的美感，而非现实感。

在《二十四城记》里，贾樟柯是想和大家讨论艺术形式问题，而非现实性问题。因为不管从命题作文式的选材空间，还是从现实语境空间，还有他给自我留出的空间，他都不可能获得很大的创作自由度。最后，留给他的只有形式创新这一种选择——尽管他说要拍中国当代经济的演变和 50 年的群像史诗，但注定他的承诺将会变成一个美丽的广告语，他只有在形式与世界的表面上大做文章了。有报道说，他拍摄了大量的纪录片素材，这一点非常感谢他，但可以肯定的是他可能要让大量胶片躺在素材库里等待尘土的覆盖了，因为它们既不符合这个后工业与特殊消费时代的审美与叙事标准，也不符合他目前的电影审美追求，更不符合《二十四城记》的拍摄起点要求——拍一部具有纪念意义同时具有诗意美感与史诗性的影片——赋予电影一个美丽的形式最后就成了他唯一的选择。

这里不想讨论有关纪录片的伦理问题，但贾樟柯既然在商业片《二十四城记》里引入纪录片这种形式机制，就要接受人们因对纪录片形式的信任有所增高的期望值，以及对于史诗性艺术片的价值取向的美学审视——人们似乎因此对电影的现实性要求增高了。这是电影技术创新所带来的副作用，它为电影带来了类似某种附加值——在它无限接近形式美感同时，对于它的现实性也提出了新的要求。而且，随着剧情片还是纪录片电影自觉意识的增强，电影界似乎在用有意模糊它们边界的方式来缓和由此带来的伦理危机。不过，有一点是肯定的，只要借助这两种表达方式，就要为其买单。贾樟柯选择有着诗歌经验的成都诗人翟永明作为编剧，以诗意的形式美感力量来缓冲对于现实处理的乏力感。但这样做的危险在于利用诗歌的美好形式感来代替现实感，很容易让人对诗人失去信任进而使诗歌沦为某种包装术，而且用审美的方式代替现实感会使人产生一种审美透支之后在现实面前的强烈不适应，这是《二十四城记》在纪录片形式基础上艺术化后的代价。

拍纪录片曾是贾樟柯的拿手戏。在《小武》、《站台》、《任逍遥》等地下电影之前，他有着扎实的纪录片拍摄基础，甚至可以说纪录片是贾樟柯的一个可资利用的手段。这应该是《二十四城记》最后选择在纪录片形式上进行艺术创新的基础。

贾樟柯想在这里为自己的电影创作带来一种飞翔的效果，所以他对现实加以虚构、艺术化，让这部目的性很强的电影能够满足自己的创新实验需求。如果大家争相讨论形式问题，贾樟柯当然会乐坏了。

这样，可以使人们的注意力不会停留在关于纪录片和剧情片伦理等一些实质性问题上。电影宣传甚至用西方评论所谓的"迄今为止最考验演技的电影"来加以引导。

### 三、艺术感抑或现实感

苏珊·桑塔格在她的《反对阐释》最后部分总结说："为取代艺术阐释学，我们需要一门艺术色情学。"她的意思是："我们必须学会去更多地看，更多地听，更多地感受。"她的寓意是我们的作品必须有一种引诱的力量——强烈的表现力和形式感，我们必须有一种强烈的感受力。桑塔格被誉为美国的良心，一代知识分子的标本，曾力主强调作品的"艺术色情学"。但她最后还是开始重申具有古典意义的意义和真理。不过，这时这个世界早已深谙在自己作品中运用艺术色情学来吸引观众了。

与众多好莱坞影片不同，可以说贾樟柯的艺术色情学更高一筹。他不只让自己的作品停留在感官刺激上，在《二十四城记》里运用了艺术的色情学——把对感官刺激上升到诗与艺术的高度，然后再赋予其一种纪录片形式的真实感，让人们产生一种真实的美感。然而，不得不说这种艺术的色情学的运用削弱了电影的现实感，或者说电影表达了一种虚假的现实感。《二十四城记》利用了人们对艺术和纪录片的双重信任心理。比如，三代"厂

花"（吕丽萍、陈冲、赵涛）本身就具有足够的吸引力和想象空间，唯一的男演员陈建斌讲述的却是自己青春恋爱故事，画面具有强烈现实感同时具有足够的诱惑力。电影配乐、服装、道具、舞美同样在蛊惑感官上大做文章等，可以说《二十四城记》在"艺术的色情学"层次上做足了文章，让人不但信服而且感到亲切，不但亲切而且有一种艺术的享受感。所以，很多人愿意躺在贾樟柯制造的令人迷醉的现实感里津津乐道其形式感、艺术感，而不愿去谈其现实感。

但任何手段都无法取代真正的现实感，把无论演技如何高超的演员放进现实中人们立刻会有一种强烈的突兀感。其实并非演员们的演技不高，而是现实从某种意义上是不可复制的——把演员放进纪录片形式里进行创作，除了创作的冲动之外，演员的发挥空间几乎被关闭了。因此，有着基督教精神背景的吕丽萍无形中感到了强烈的不适应，另外几个演员虽然有着出色的表现，但依然像把真币和假币放在一起比较一样，一切都在现实面前暴露无遗，剩下的只是艺术创新的魅力了。在这种形式下，演员所要面对的是来自叙事伦理的力量，一边是自我的良知，一边是50年在眼前发生和流动的现实，这对他们来说的确是一种严峻的心灵考验，而非演技考验——也就是说，他们不愿在摄像机下面公然撒谎，至少感到了一种说谎的压力，而观众方面同样不愿意在历史的真实里看到几张虚假的面孔。

《二十四城记》所承诺的重大社会变迁的史诗性叙事，却被几个演员的风花雪月故事所替代了，虽然获得了形式探索上的美感，但却以破坏或消解真实为代价。可以说，《二十四城记》取得成功的原因在于现实感的被取代，而现实感为什么会被如此轻易地取代了——因为电影残酷地利用了人们对艺术的信任和成功的现实感制造，以及对于人们记忆和基本情感的利用——电影的抒情性和强烈现实对比使人们在怀旧情感里变得脆弱了。这是贾樟柯的高明之处，他既要给自己的电影一个艺术的、堂而皇之的师出有名的理由，又要顺利交作业，但却是以输掉现实感为代价的。所以，有很多人感觉电影有一种怪怪的感觉，觉得《二十四城记》有些不彻底和浅薄，这是用艺术去粉饰世界所不可避免的结局。应该说，这是曹雪芹、叶芝、欧阳江河、万夏、翟永明也无法解决的问题。

## 四、地下与地上：贾樟柯的悖论

贾樟柯由地下导演变为地上导演有一个明显的变化：由个体经验叙事变为宏大叙事。而他似乎又不想改变自己原来的表达支点，以底层个体来折射社会价值诉求或重大社会历史变迁。这种变化有点儿像由带着牧羊犬放牧羊群，转变为带着牧羊犬去放牧汽车一样。

这一变化也使他的叙事角度及其焦距发生了变化，原来显微镜式的表达法变成了望远镜表达法，宏大叙事使他与被表达对象的距离拉大变形。这就要求他在原来没有价值或伦理表达重负的人物身上，附加上他所要表达的社会深度、历史价值、诗意以及史诗性，使该人物不堪重负。这种微言大义的表述方式不仅使人物不能充分表达自己的合理诉求，反而因被强制表达自己并不感兴趣而导演却十分关注的社会伦理价值，使影像开始变得虚假和因找不准焦点而顾左右而言他了。所以说，贾樟柯由地下走到地上之后，其实一直是在与他的人物与表达方式较劲。怎样解决这种表达不充分？他只好诉诸于对于电影艺术感与形式创新的挖掘，以替代现实感的乏力。这一尝试一直贯穿于《世界》、《三峡好人》和《二十四城记》之中，但正是这种使其获得创新满足的形式感，让人觉得有一种穿着衣服洗澡的尴尬。贾樟柯的表达旨趣似乎发生了变化：由原来对于自我个体生命感的真实表达，转变为对形式和艺术的追求。其实，这是一种自我否定，他试图通过自我否定的方式来重塑一个新的自我形象，而这个新自我才真正是他原来想成为的形象，因此他的最初表达现在看来是有隐蔽性的，说明他在自己最初的创作里隐藏了自己真正的意图。相对于原来的真实，贾樟柯目前的真实是更加真实的真实。可以说，这是贾樟柯获得身份认同之后变化的真实表达诉求。

在《二十四城记》里，贾樟柯明显地以情感代替历史，以形式感来代替社会现实感，跟上两部电影一样，让人觉得导演的意图在强烈压制人物的性格和故事的走向，而不是导演跟着故事和演员表演自然形成一种完善的影像系统。比如他把演员限制在一把椅子上这一无法再缩小的空间里进行一种近乎无限的表达，比如他必须把叙事的范围控制在自己可以控制的摄像机之内，而不让更加客观的现实从摄影机哪怕稍纵即逝的疏忽中有半点透露。他控制着事件以有条不紊的方式进行，而不按照事物原来的方式自动呈现，使影像与真实之间产生了一种分裂。例如在影片的开始部分，他宁肯让老职工丧失了表达能力来面对摄像机逃过对真实的捕捉，也不让其多说一句话，但强烈真实的画面感已经说明了一切，所以他毫不犹豫地掐断了真实自动呈现的可能性——他不能让他再说下去了，他似乎害怕他说出真相。这就是贾樟柯的叙事策略：作为地下导演他拼命表现自己对于真实表达的诉求，而作为地上导演他则将这种真实诉求死死摁住。

这应该是贾樟柯、演员和电影本身都感觉比较尴尬的地方。这里就出现了一个悖论性的现实：导演很强的主观性和表达对象诉求之间产生了一种尴尬对峙，这反而使导演处于一种被动的位置，但这一点在贾樟柯这里的表现是他宁肯放弃表达的主动权也不愿让真实的表达诉求释放出来。在他看来，这是一种不可控制的可怕因素，所以他采取回避的方式和态度——这样做的前提是他觉得自己有足够的能力和素养来应对或控制事态的发展。他认为自己有足够的机智来应对这个声色犬马的时代，在一个装饰艺术大行其道的时代，他决定将感官精神刺激到一种极端的程度，于是，画面的真实度、表达的艺术效果参与到复杂的电影合成过程之中。之所以如此，是因为形式创新和艺术化是贾樟柯目前认为能够较好解决这一悖论的有效方式。但事实是，这一悖论问题并没有得到彻底解决，所以最后观众成了夹在导演与电影之间具体尴尬的承担者，觉得别扭却又无从言说，因为大家得到的不是自己想得到的东西，他们还不习惯把现实拔高为艺术审美，觉得从电影到导演甚至观众都跟着失去了自我。

贾樟柯在自己的基本现实和宏大叙事诉求受阻之后，干脆以更加高蹈的审美情趣来逃避或转换历史现实，拿出一个电影、导演、投资方、观众最后必须接受的相互妥协的方案。这对第六代导演来说并不是一个好信号，意味着导演要利用自己的机智在宏大叙事和基本个体诉求之间挣扎获得一厢情愿的主动权。贾樟柯遇到的问题，在某种程度上也是所有导演需要共同面对的问题。地下与地上，导演应该在自我的表达与虚荣心之间建立一个合理与自洽的关系。为什么会这样？这与一个导演的精神气质、内在资源和精神追求有关，也与社会环境有关，问题的核心是导演在多大程度上坚持或放弃自我和现实诉求，以及对电影本身功能及其边界的认知。三部电影的宏大叙事诉求受阻之后，应该引起贾樟柯足够的重视，至少要检查一下，自己所建立的宏大叙事伦理到底是基于自私的需要还是自我基本表达的需要，这种表达到底是有意识的、无意识的还是潜意识的。从这一点上说，贾樟柯在《二十四城记》中对演员施加强制叙述历史的方法，是否体现了一种语言暴力美学的策略？贾樟柯的主要精神资源是底层个体经验与西方现代电影知识，但他却用这些资源来对付人们对他的信任，最后使《二十四城记》变成了一个主观意识很强而表达不充分的文本。这里是否可以视为导演强烈的表达诉求压抑了电影本身的表达诉求？有意思的是坐在我前面看电影的一对夫妇和电影中的人物有着同样的经历，只不过他们是被迁到了湖北，他们以平淡的腔调告诉我说：事实的确是这样，但并不完全。可见，具有当事人身份的他们并不怎么买这部声称叙述他们真实经历的电影的账。另外，有报道说贾樟柯说并不为《二十四城记》票房担心，其实这句话应改为《二十四城记》从拍完停机的那一刻，一切运作都结束了，此外的一切都是多余的——这应该是贾樟柯不用担心票房问题的真正原因，把它拿到电影市场上，其实是贾樟柯在透支自己的资源，但很明显，他对此并没有充分的自觉。

《二十四城记》对于诗歌手段的运用除了增加形式感之外，并没有给电影和作为诗人身份的翟永明加分。说严重一点，对于导演来说，这里修改一下成都诗人万夏的诗或许显得更恰当：仅你消失的一面，足以让我耻辱（原为荣耀）一生。可以说，《二十四城记》以纪录片的方式获得了一种信任感，而这种信任感又在真实被艺术化和诗意的过程中丧失了。这里，我觉得重复一下在电影里贾樟柯让叶芝说的话，不管对他还是观众或许都更有意义——

"虽然枝条很多，根却只有一个。穿过我青春所有说谎的日子，我在阳光下抖落我的枝叶和花朵，现在我可以枯萎而进入真理。"

# 易碎的提线木偶

在散文诗之父、法国作家路易·贝尔特朗留下的唯一一本书《夜之卡斯帕尔》译序的开头，译者黄建华先生这样写道：

"1841 年 4 月 29 日，一名默默无闻的诗人在巴黎辞世了，他的葬礼不像同时代的雨果那样赢得全国举哀，万人空巷；跟随灵柩的只有孤零零的一位友人。当时风雨交加，在墓地上念祷文的神甫不等棺材抬到便径自离去。这位寂寞的诗人只活了 34 岁。他的传世之作《夜之卡斯帕尔》在友人的帮助下于死后次年才得以出版。"

读到《夜之卡斯帕尔》这本书时，我简直被震撼了——原来，文章可以这样写，原来，生活可以这样度过，薄薄一册文字竟几乎是作者生命痕迹的全部。

在《夜之卡斯帕尔》中，处处充满对文学和艺术在黑暗中的呼喊与探索，它的每一个标点都用血与生命凝结而成。这样的说法也许并不过分，随便看几行文字就可以明白这一点。贝尔特朗竟然用全部生命，一生只写一本书。他像一个易碎的提线木偶，在命运之神操纵下，用文字演完属于自己的角色就匆匆而去，仿佛生来与那个时代无关，与人类无关，与整个世界无关，在一场风之中走得如此决绝和纯粹——如果说他对这个世界尚有唯一一

点牵挂的话，那就是他这本书，他想要回书稿再做修改：

"……如果我一个星期之后还活着，请把我的手稿交回给我。要是那时我已离开人世，我就把手稿、把整本书遗赠给你，同时也献给仁慈的圣佩夫，他认为怎样合适就怎样删削改动吧。"

但是，命运连让他再看一眼自己手稿的时间也没有给他留下，他孑然离去，留下这本惊世骇俗的遗作。而它为此后的文学发展奠定了一座高山的高度——一个人离去，留给世界的是一座用生命筑成的高山。

黄建华先生在再版序里说：由于性格孤傲，贝尔特朗曾主动辞去世交勒德雷尔男爵秘书的职务，后来甚至拒绝友人向他施以援手。这位苦命的诗人，可以说终其一生，并未享受过人间的欢乐……

《夜之卡斯帕尔》，仿佛是贝尔特朗来人间的唯一任务。这个提线木偶似的生命在最后的人生演出中，流下最后一滴深夜之泪，甚至来不及谢幕，便悄然离去。他未来得及体验一下这个舞台的温度，更未等到剧终谢幕后热烈的掌声及鲜花。这样的方式似乎更加符合《夜之卡斯帕尔》所有文字所具有的一种在黑暗中写作的性质特点，深刻地描绘出一个生命在黑夜里挣扎过的轨迹。在最深的人生之夜中，他把自己对黎明的渴望与心中在黑暗中珍存的一丝光明，悉数放在一遍遍抚摸过的文字之中。他为这个世界提供了面对黑暗的经验。

但是，《夜之卡斯帕尔》的出版，从 1828 年至 1842 年，一册薄薄诗集的面世，竟被拖延了 14 年之久。

贝尔特朗仿佛再也等不及了，或许在另一个世界有着更重要的任务，等这位苦命的诗人去完成。世界在风雨交加中，葬送了自己的诗人。我们则像一批批看客，轮番经受这场生命悲剧的打击和拷问。这是一些让整个时代无地自容的文字。

舞台的血泪对于麻木的看客来说，几乎形同虚设，黑暗与冰冷的世界是由人类自己组成的。

和众多的书有所不同，这本书几乎充满了灵魂黑暗和饥饿的光泽，死亡的气息像一层黑色透明的云雾一样弥漫其中。诗人像影子一样穿过一道道黑暗与死亡的幽谷。

这本奇特的探索艺术之书，奇特之处在于它是在法国文学艺术浪漫主义高涨时期激情汹涌、尽力铺陈的背景下，尝试了一种冷静与诗性的文体——散文诗体写法的创造。仿佛在举世喧嚣之中，唯有一个冷静的头脑在为艺术思考着另一个出路。这种创造甚至可以被认为是对上帝创造世界的模仿，艺术是对上帝创造的机械模仿，这一观点在贝尔特朗最后的生命感悟中生动地揭示出来。他用自己的一生践行了这一观点。只不过上帝创造的是人类世界，而他创造的是一册书。

这本书另一个奇特之处是它创造了一个强有力的意象。贝尔特朗为了表达需要几乎凭空塑造了一个叫作夜之卡斯帕尔的形象，这是一种诡谲的想象力和超人与超现实的思想力所致。作者在书的开头说，某一天自己在火枪公园遇到了一个叫作夜之卡斯帕尔的人，并与他有过一番深刻的发人深思而激情澎湃的交谈，之后他交给作者一部手稿——《夜之卡斯帕尔——伦勃朗与卡洛式的奇想》，并说自己"要回去关起门来写遗嘱了，晚安"。此后，无论作者怎样寻找，都无法再见到夜之帕斯卡尔先生的身影。有人告诉他，这是一本魔书。于是作者决定把这本魔鬼之书印出来，加上自己的说明，便是这本书眼前的样子。

贝尔特朗的这种形式及其意象，可以在后来鲁迅先生的《狂人日记》上找到一些形式上的雷同。只不过鲁迅先生是在叙事的向度上构筑一个血泪世界，而贝尔特朗则是在诗的本质向度上向艺术空间的延展与想象，加之文体上的突破——散文诗体的创造，《夜之卡斯帕尔》影响了其后的几代作家和诗人。他是第一个在文学与艺术的荒原拓展出散文诗这一体裁空间的人，一生未被承认的贝尔特朗，后来波德莱尔使他获得了通行证。相对于贝尔特朗在书中的形象而言，他塑造的夜之卡斯帕尔更加酷似他本人。富有神秘主义特色的夜之卡斯帕尔先生穷其一生追求艺术，一生只留下薄薄一册没有出版的手稿，然后关起门来写遗嘱去了。两个人的谈话内容既可以看作一份文学艺术宣言，亦可视为一份贝尔特朗关于文学艺术的思辨之书，仿佛他的两个自我在为艺术苦苦辩论，一个追着另一个逼问：

——"那么，艺术呢?"我问道。

——"可艺术呢?"我问道。

——"艺术呢?"我问道。

——"艺术呢?"

这是贝尔特朗对夜之卡斯帕尔先生关于艺术的四次经典追问，一句比一句急促而紧迫，最后一句追问本身竟淹没了追问主体，可以说这是最后贝尔特朗被艺术追求所淹没的一生的写照。贝尔特朗之所以对艺术有着如此执着的力量，也许这份"说明"的开头部分已经为其做了充分的表述：

"我爱第戎，像孩子爱喂奶的乳母，像诗人爱撩起情思的姑娘——童年与诗歌！前者是那么短促，后者是那么虚幻！童年是只蝴蝶，匆匆地在青春的火焰中焚烧自己洁白的双翅；诗歌好比是杏树：花吐芳香，而果实苦涩。"

贝尔特朗 7 岁随父母迁居法国的第戎，在那里生活、成长。这段文字说明了他人生的两个基点：童年与诗歌。他的一生除此之外几乎没有别的兴奋点。还有一点就是生活的贫困，而这个点是因为他为艺术的孤傲所致，也就是说他为了艺术而宁肯舍去人间生活的世俗幸福。从这一点上，可以说贝尔特朗的一生是为艺术的一生，艺术是他生活的唯一标准和生命的全部。这一点也可以从他的另一个自我——夜之卡斯帕尔先生的口中得知，他含着眼泪说出了艺术的真谛：

"——'在上帝的体内！'——他含着泪水的眼睛探索着天堂。'我们这些人不过是造物主的模仿者。我们那些转瞬即逝的作品，哪怕最出色、最成功、最光辉的，那也只是不值一提的赝品，无非是他不朽之作的微末部分已逝的光芒。任何独创性都是一只鹰雏，它只有在西奈山电闪雷鸣的壮丽高空才能破壳翱翔——是的，先生，我探索纯艺术已经多时。啊，真是如醉如狂！瞧，这额上的皱纹，是苦难的铁冠压出来的！已经30年了！而我花了多少个不眠之夜苦苦追求秘方，我为之扼杀了自己的青春、爱情、欢乐和财运的秘方，却像一块毫无价值的小石子，在我幻想的灰烬中，一直埋藏着，寂然不动，无知无觉。虚无绝不会给虚无注进生命。'"

这段文字不但说明了贝尔特朗对于艺术的极端自我化的阐释和主张，而且在这里也透露了一个关于他自我的秘密：这是一个宁愿活在幻想中的人。他的世界与现实世界就像诗与世俗一样格格不入，他本能地为艺术而主动放弃了现实世界的权力和利益，一生过着一种类似苦行僧的生活。这或许是某一类艺术家所必然的遭遇，他们的果实由苦难凝结而成，苦难的质量决定了果实的质量。而有所不同的是，这位运气糟糕的艺术家还搭上了生命的成本——仅仅34岁便离开了世界——和夜之卡斯帕尔先生一样，他们都活在30这个数字的宿命与定数里——或许这可视为艺术

的黑色极限数字，比如莫扎特等。艺术的成本之所以如此之高，在于如贝尔特朗所说"我们这些人不过是造物主的模仿者"，在于人类对于上帝职业的僭越。可以说，艺术是一种最消耗人性的职业，而这种消耗之于人类是一种被动选择，如果事先知道结果的话，怕是很少人会去主动选择这个职业的。这种职业选择往往始于某种诱惑，然后被这副枷锁套牢一生，而且一旦被套牢很少有人能够半途脱身逃出。这些夜间的歌唱者品尝着最黑暗的滋味，为世间迎来黎明而率先被抛弃，犹如贝尔特朗风雨交加中的离去。和那些长寿作家或诗人的书有所不同，《夜之卡斯帕尔》几乎没有一个多余的字或标点符号，它以这种方式来提升一个短暂生命的长度、密度、质量与层次。也许每一个苦心孤诣的艺术者，都会或多或少在贝尔特朗身上看到自己的影子。

《夜之卡斯帕尔》文字有着比黑夜更深的浓度，里面充满大量幻想、梦幻、呓语、谵语。这些短小的篇章几乎很少有超过1000字的，但它们浓缩的信息量和精神密度却几乎可以说是没有止境的。它们更像黑夜之剑刺向夜空，是现实的绝境让它产生无穷的力量——艺术在绝境中诞生，这又一次印证了艺术是对上帝在虚无中创造世界万物和人类的模仿——也许只能在黑暗的终极与核心才会产生艺术之剑的锋刃：

"这荒漠听不到施洗约翰的声音；这荒漠隐士不住，连鸽子也不栖息！"

贝尔特朗这个被苦难淹没一生的人，最后找到了对付苦难的方法，那些文字在每一个寒夜给他力量与支撑——人间的唯一慰藉与烛火与他同行，如同苦难一样如影随形。这是一种深入深渊底部而获得的一种上升的力，这种力又被苦难所封锁和左右，以至于有一种下坠与压抑感，灵魂会感到一种窒息。然而，就是在这样的力量之中，贝尔特朗艰难前行，最终达到一种艺术的顶峰。这是一种苦难本身所赋予的力量，也许就是在此意义上，凡高曾说：厄运助成功一臂之力。但这样的成功的确太让人感到惊心动魄了——它需要一个生命拿在世的一切作为成本。

但《夜之卡斯帕尔》并没有流于情绪宣泄，而是以高度冷静的理性与诗性作为支撑和超越，像一座座古城堡和哥特式建筑一样矗立在人类的精神视野之中。这种理性与高度，除了苦难赋予贝尔特朗的力量之外，还来自他对人类文化的研习，至少他熟知欧洲文化、历史，与其背后掩藏的一切。比如他对佛拉派绘画艺术灵魂的把握，寥寥数笔便勾勒出它的基本面貌、轮廓与精神实质，而且让这些文字带出一个时代的精神背景及其丰富的文化底蕴与渊源。比如他对于古老巴黎的描绘，短短几章仿佛一幅幅高度凝练的画卷使古老的精神实质跃然纸上，像生动的肖像画一样勾勒出古老巴黎的性格特点及其诗意，而且富有影像艺术的立体感与时空交叉感。他更像一位身怀绝技的西方画家，没有多余的笔触，而直指事物本质，所谓力透纸背——这种深厚的功力若没有生命与生活功课的双向磨炼，简直是不可能获得的。贝尔特朗有着诗歌与绘画的双重运用才能，这一点比中国的王维有过之而无不及，王维高在意境之上，而在生命体验与艺术生命力上则显得有些略输于贝尔特朗。贝尔特朗有着超理性支撑的画面感——这同样与生命苦难的历练有关。对于历史、思想、文化和绘画艺术与技法的借鉴为他的文字添上一对飞翔的翅膀。

《夜之卡斯帕尔》有着诡谲的想象力。它们像屹立于人类山峰或绝顶的古松柏，上面是飘荡着白云与飞鸟的天空，中间是呈现于人们眼前的粗壮树干和如云的树冠，下面则是支撑着贝尔特朗整个艺术穹庐的山峰作为基座。然而这还不是最重要的，最重

要的是他为这种穿透时空的想象力带上时代、文化、思维、历史的重量，借助这种想象力，他可以随意往来于现实、历史与未来的时空之中，让自己的文字具有不同性质与时期的质地。像把各种颜料调和以适应更加丰富的表达需要一样，他将时空各种特点糅合在一起，使它们具有一种雕塑感，让文字产生一种凝固艺术的特征，具有一种沉重的形象感。所以，它们读起来沉重而飘逸、固态而流动，像魔鬼的艺术一样捉摸不定，难怪说它是一本魔书，它的确具有那种魔鬼般的属性。这在很大程度上是由他奇瑰的想象力造成的——它们直达精神和灵魂的高处。

但是他仿佛更加注重艺术的平衡原则，即使自己在苦难中几乎无法承受生命之重，仍然没有把这种一己的苦难感带入艺术表达之中，他注意一种调和方法——既没有像伦勃朗一样使文字完全陷入沉重的哲思之中，也没有像卡洛一样放浪形骸和夸夸其谈，甚至可以说他对自己的文字超过对生命本身的珍爱，他不能容忍自己的文字有任何倾斜感和失衡感。他在手稿序言里明确阐述了自己的艺术观点，尽管高度浓缩并采用象征、暗喻或隐喻式的表达，用绘画艺术本质的特点给这种艺术观及其表达原则披上一层迷人而扑朔迷离的外衣，但它的内核依然坚硬而不容置疑：

"艺术犹如一枚像章，总有正反两个方面：比方，正面酷似 P. 伦勃朗，反面则像 J. 卡洛——伦勃朗是个白胡子的哲学家，他蜗居在自己的陋室之中，闭目凝神，独自与美、科学、智慧、爱情的精灵交谈，为探索自然的神秘象征意义而日渐憔悴；而卡洛却恰恰相反，他是个放浪形骸，夸夸其谈的士兵，在广场上招摇，在

酒馆里闹嚷，抚弄波希米亚的姑娘，凭长剑与火枪起
誓，唯一操心的事情，是把小胡子梳理得油光可鉴。"

　　唯一让人感到可惜的是，贝尔特朗只留下这样薄薄一册手
稿，便像他的另一自我——夜之卡斯帕尔先生一样，神秘消失于
一场命运的风雨之中。有时，甚至让人感到这样一种错觉：他留
下的这本书仿佛也好像与他没有关系一样。这不只由于他使用了
一种间接式的写作方法——他已经习惯于在苦难与现实中隐藏自
己，让人觉得仿佛不是他本人在说话，说话的另有其人。另一个
原因是，他消失得太过于突然，人们甚至还来不及记住他——虽
然人们当时有更多的时间和机会记住他，但他们最后还是错过了
与苦难天才相遇的机会——或许人们把过多的激情与注意力集中
在同时代的雨果身上了。但从此意义上，他是一个走得最为干净
而纯粹的人——连自己的文字也没有来得及带走。不过，让人稍
感宽慰的是，在他合上双目的那一刻，一场人生苦役总算结
束了。

　　贝尔特朗曾这样怀有敬意地对与他同时代的法国作家雨果说：
……我题赠给你的这本小书却会遭受举凡衰朽之物必遇的命运……
而这一发现对于他也相当珍贵，不亚于我们发现用哥特字体写成的
传奇故事，内中还画上一头独角兽或两只野鹳。

　　当初，雨果也曾动过为他写一些文字的念头，但他最终错过
了一个使自己再一次伟大的机会。

　　这个苦命的诗人对后来那位唯一为自己送葬的朋友——雕塑
家大卫先生曾做过一段如此决绝的告白：

　　"我是个穷困、受苦的诗人，我祈祷过，爱过，唱过！我的
内心充满信念、爱情、才思也是徒然！

"因为我是流产生下的小雄鹰！我的命运之蛋从不被温暖的翅膀孵育成功。它就像埃及人的金色胡桃那样干瘪、中空！

"啊！人，不过是脆弱的玩物，挂在情欲的线上跳跳蹦蹦，人啊！如果你知道的话，请告诉我：人是受生命磨损，被死亡粉碎的提线木偶，仅此而已，是吗?"

可以说，此时诗人已经对人间不怀任何希望，但他的确给我们留下了足够对付黑暗的经验。这是他留给这个世界的一份珍贵遗嘱。

易碎的提线木偶，我们每个人都是，但唯有贝尔特朗这个木偶的眼泪最令人触目惊心……在人声喧哗的今天，人们似乎已经把他完全忘记了。

# 以隐忍的方式为时代和文学加分

### 一、一部"争相出人头地时代"的精神作品

2011 年 5 月 7 日，著名作家张炜因鸿篇巨制《你在高原》被评为第九届"华语文学传媒大奖·2010 年度杰出作家"，在授奖辞中有一句未必十分引人注意却意味深长的话："正如张炜出版于 2010 年度的多卷本长篇小说《你在高原》所说，在豪情与壮丽下面，藏着的其实是难以掩饰的孤寂。"这里我们也许更应该谈谈一个作家光环之下的辛劳与孤寂，有时候它们可能比光环更值得关注，遗憾的是它们常常因作家耀眼的光环被忽视了。

几年前，我在参加一个国际诗歌活动时听到的一句话，让我至今缓不过劲来。那是一对台湾诗人的对话，遗憾的是我只听到了一半："大陆诗人一个个都争相出人头地！"我知道，在那个活动上，因为他们看到了太多中国诗人的势利和钻营。除此之外，整个活动期间中国诗人不知道是想显示一个东方大国诗人的风范，还是因为自己头上的诗人冠冕，大都旁若无人地聊天、抽烟，大有老子天下第一的做派，而且会为哪怕一点蝇头小利也立即趋之若鹜、群起而逐之。只有那些老外诗人一个个正襟危坐像中国课堂上小学生的姿势一样，认真地听着每一句话，好像生怕

遗漏下一个字似的。也许他们是以那种姿势向诗歌致敬。不过，中国诗人中也有例外的，在我目之所及的视域里，老诗人食指一个人在所有场合都坐直了身子像一个认真听讲的小学生。那时，食指头发已经白了，如果不是因倾听而上身过于前倾，从后面看去会被误认为是一位外国诗人——他以这种上身过于前倾的姿势，一个人为所有中国诗人挽回了尊严。

另一个刺激我的事情是在一个文学活动上，我亲眼看到一位还算有些名气的中国作家，以自己阴暗而绘声绘色的臆想，编造而且近乎下流地恶意诋毁他的中国和外国的两个同行，而他的这两个同行无论名声还是成就与他都不能同日而语。听着他跳梁小丑似的酸葡萄话，除了惊讶之外，我的内心绝望极了。我无论如何都不能相信自己的眼睛：那些话怎么会是从他嘴里说出来的？但我分明看到那些话在他的嘴巴张合之间一个字一个字地蹦出来。当时，我恨不得自己替他找个地缝钻进去：怎么可以以这种方式侮辱作家这个头衔！

更令人悲伤的是，这样的场景并非绝无仅有。这些年，在大大小小的文学活动或私人聚会中见到的中国作家之间的相互诋毁和谩骂，实在让我感到痛心疾首，让我有时甚至有一种到达地狱底层的感觉。在各种场合见多了中国作家骨子里的势利、冷漠和连被他们骂的商人都不如的言行举止，我除不寒而栗，有时甚至会自问：作家作为一种族类是不是在中国已经灭绝干净了？几年前，中国思想界和学术界炮轰中国文学界，攻击中国作家不作为，不记录一个变革的时代，但紧接着所谓的精英们就频频曝出丑闻，有所谓自由主义者概念下的丑陋表演，有学术剽窃案之后各色人等纷纷登台等。置身其中，让人内心最后只剩下《圣经》里的一句话：父啊，赦免他们！因为他们所做的，他们不晓得！

## 二、一个中国作家所应有的志气

在一篇关于作家张炜的文章里，用这么长篇幅说这些看来有些跑偏的话也许并非完全是废话。因为在说作家张炜之前，我觉得应该简单勾勒或清理一下一个作家所处时代的精神背景。记得外国一位著名作家说过一句话，大意是一个人的成就有多高，他身后的诽谤和诋毁就有多高。张炜面对的攻击其实来自文学或思想精神探讨层面的非常少，无论在现实中还是网络上，我看到对他的攻击最多的是来自世俗层面，只不过多了一些包装而已。对于张炜，我对他的敬意除了因为他手写的 1000 多万的纯粹文字外，更源自他在他的大小同行所组成的精神生态系统里的隐忍以及在一种误解、误读和近乎侮辱的屈辱里所铸就的一种作为一个中国作家所应有的志气。他之所以有这种知识分子的志气，在于他明白作为一个写作者必须胼手胝足构筑自己的精神系统，除此之外，只能显示一个作家的无能和弱智——而这种中国传统的士人精神恰恰并非为作家所独有，而是这个表象世界在历史中所赖以生存的文字精神系统的具体存在。类似的名单可以列出很长：屈原、司马迁、曹雪芹、福克纳、司汤达、罗曼·罗兰、索尔仁尼琴……可以这样说，在这片大地上，别人沉浸于世俗的相互诋毁谩骂时，张炜则沉浸于忘记对于他的争议和诋毁的写作精神里，因为他觉得那些东西与文学无关，也与自己无关。一个作家忘记了现实世界的攻击和苦难而痴迷于在一些人看来虚幻的文字世界也许有些不可思议，而这就是作家的现实和作为作家的张炜的现实。因为他知道，对于一个作家和这个时代来说，最重要的是一个作家和这个世界真正需要什么。生活虽然是由鸡毛蒜皮似的鸡零狗碎组成，但鸡零狗碎绝对不是生活本身，它们是生活与

生命的副产品。它们构成了世界的阴暗面，张炜明白作家的责任之一是要让阳光照进这些阴暗面的内部，使它们成为光明世界的一部分。正是因为这种作家的追求与责任感，张炜的文字无形中具备了来自作家个体生命内部的本质特点，纯粹、诗意、思想、唯美和高度的概括力与凝练的文字质地把他与历史、现实以及历史与现实中的高贵灵魂贯穿在一起，最后构筑成这个时代的精神穹顶。但这里可以做一个简单的游戏，即如果把上面这些词语分开的话，哪个词语不在为张炜在赢得荣誉的同时，也迎来了成倍的误解和口水？庆幸的是，张炜是那种能在糟糕现实的基础上制造牢固地基并于其上制造庞大而坚实建筑的作家，这除了需要作家强大的忍耐力和精神排污能力外，还需要具有巨大的精神建构能力，而这恰恰是一个时代的幸运。从这个意义上讲，不能不说张炜是一个能够在精神废墟上制造奇迹的作家，其所营造的精神城堡的质地和密度，见证着这个奇迹的质地和密度。

现在，通过媒体等各种渠道，大家都知道张炜以450万的巨著《你在高原》为他所生存的时代构造了一个怎样巨大的精神建筑物，然而真正静下心读它的人还应更多，对它的阅读无疑是对时代精神的一种考验。它虽然产生于这个时代的物质主义氛围下，但它整个对应了一个有着五千多年文明史的东方大国从农业文明向以工业文明为特征的现代文明、后现代文明进化的每一个节拍。文化与文化之间产生了一种精神的暗合和文化节拍的历史呼应。而这里让人捏把汗的是，如果不是张炜数十年如一日的隐忍，如果张炜像大多数作家一样，陷于零碎而偏狭的个人情绪发泄之中不能自拔，不知道这个时代会拿什么对应自己的精神存在，不至于留下自己的精神空白吧？它总要赋予作家一种精神和灵魂的能力，直到他能够拿得起属于时代的笔，慢慢为时代勾勒出自己的肖像。张炜所作 1000 多万的手写文字，大致属于为自己所处的时代勾勒精神肖像的性质，这些文字有点像张炜喜欢的那句话："为天地立心，为生民立命，为往圣继绝学，为万世开太平。"（北宋·张横渠）虽然对于一个充满个人私利的物质主义小时代来说，这句话看起来有点大得吓人，但想一想大约 1000年前，华夏大地上忽然横站出一队胸中有城池、肩上有责任的儒生，总比站出一批随地吐痰、张口脏字的小时代的精神侏儒要可爱得多吧。张炜身上延伸了更多这种一以贯之的精神脉络，它在各种时代精神之间绵延成一条精神的血脉或山脉，它隐含在一个民族精神的深处。但一些喜欢骂人的人却总是喜欢骂他道德主义甚至虚伪主义，消费时代精神也顺便把自己不愿承担责任的心理消解一把。"消解"这个具有后现代特色的词语来到中国后，却制造了一批以"后现代主义"为生的消解或解构流氓。其实，我懂他的逻辑：在一个坚持国骂的时代，有一个人出来说骂人不对，还应该好好学习，天天向上，你不是找骂？但这里有一个骂人的人没弄明白并且也不容易弄明白的逻辑：连他们的骂声最后也成了增加时代书写者文字含金量和纯粹度的丰厚营养成分。不仅如此，最后他们还要赢得作家和时代的双重感谢：他们从另一角度帮助并成就了一个作家和一个时代的理想，成了时代塑造作家灵魂的一部分力量，只不过角色有点不够光彩而已。极端一点说，容易让人想起《圣经》里那个叫犹大的人。不过，也未必就如此消极，现实中我们哪个人没有做无数次自我或他人的犹大呢？

### 三、一个使用双保险装置的精神工程

但人们似乎并不明白张炜精神世界的技术性操作，不过这倒无伤大雅，因为这除了精神和生命层次外，还涉及文学写作者的

技术性层面。张炜的写作大致可以作如此理解：为了画好这幅时代的精神肖像，张炜用一个作家数十年如一日的良知和坚忍建构出了一个双保险系列工程。第一个系统精神工程包括从芦清河系列、《古船》、《九月寓言》，一直到《刺猬歌》和《芳心似火》等文字，在这里他有点像一只勤奋做工的时代蚂蚁，在他和时代所共同勾画的精神疆域精心劳作，构筑出一个属于灵魂的精神家园。连贯起来看这些作品，可以清晰地看出作家像一个旅行者或者地质勘探者一样，在荒原上不停地画下路标似的精神地盘，它们大体圈定了作家精神系统的长、宽、高，这一点让人想到美国的福克纳和南美洲的那位盲图书馆馆长。而《你在高原》则是在精神疆域大致被划定后的夜以继日的集中系统精神工程，它和上一工程构成一种为时代画像的双保险系统装置，它们最终成为一种互补的精神系统。一两年一部长篇的速度是一种分散劳动的速度和方式，22年如一日的坚持则是一种精神集中突击。如果说把此前张炜的单部作品合起来称为农业文明的晴耕雨读式的耕作方式，而《你在高原》则有点像社会进入现代、后现代文明以后的整体快速推进，有点机械化、集团化、全方位立体作业的味道。尽管用了22年时间，但它的进度和密度依然有些让人感到惊讶，从单位面积计算的话，《你在高原》的质地和强度都令人惊讶。所以，当《你在高原》拿出来后，很多人傻眼了，这个世界似乎也傻眼了。不过，傻眼就对了，这个世界需要的正是一些令人傻眼的东西，而并非总是无关痛痒的精神矮状物。

这时，人们似乎一下明白过来——这些年这个作家到底在干什么。他既没时间看吵架，更没有也没有兴趣吵架，他总把吵架的事情看成是别人在吵架，和自己无关。可以想一想，对于一个急于赶路的人来说，还有任何一件比拉住他停下来听世间的聒噪更令他痛苦的事情吗？张炜是那种随时能够进入写作状态的作家，在听到这一点时我多少有些存疑，但当我发现一些我所熟悉的和他打交道时的细节被他提炼后写成《你在高原》的某个段落和某个句子时，我发现这是一个写作能力多么可怕的作家——他能随时把现实生活的一部分变成其作品的一部分，这正是一个优秀作家所必备的能力和品质，而这对于张炜却成了一种信手拈来的自觉或本能。从这个意义上讲，《你在高原》同时是一个契合时代和作家自我的精神堡垒，它一方面可以检测时代的密度和质量，另一方面也可以检测作家灵魂的密度和高度。

这样，《你在高原》和张炜的其他作品一道所组成的精神系统对于时代的对应与概括，至少会在以下几个方面产生持续效果：一是中国作家终于有了一部可以面对世界文学之林挺直腰杆站起来说话的作品了——尽管此前有五千年文化作支撑的表面强硬——现在说起话来至少不至于羞涩而且底气要足得多，从另一个角度说，如果老拿五千年古老文明说事，更容易产生一种不肖子孙的感觉。二是中国当代文学一直因对时代的缺席而屡遭诟病，《你在高原》不只勾勒了清晰的时代变化脉络，而且对大约100年来时代价值变迁及其纵深的走向做出了整体性的清理以及精神性呈现和概括，也就是说中国当代作家自此至少可以免于被诸如此前思想界和学术界的质问，因为这的确是一件令当代中国作家害羞的事情。三是从历史延伸方面说，中国当代作家终于有一部可以与以往相对应的当代作品了，中国文学自白话文普及以后，终于以自己的语言方式向前推进了一步，而且提起这个时代的文学也不至于让我们的子孙汗颜了。从横向上做比较，中国当代终于有一位可以与西方进入文学史册的作家平起平坐的作家了。从这个意义上讲，张炜的《你在高原》与巴赫的三大宗教作

品及其康塔塔、贝多芬的《命运》交响曲、斯美塔那的《我的祖国》和西贝柳斯的《芬兰颂》一样，进入了一个世界范畴的精神系统，它成为构成世界时代精神系统的一部分。因此，可以说，张炜用《你在高原》这部巨著为这个时代和这个时代的文学集中加分——而且是在大量中国文学从业者们纷纷甚至争相为文学减分的时代，张炜凭借其长期的坚持与隐忍成为一位真正为时代和文学加分的作家。

### 四、唯一的念头就是把它写出来

去年秋天，我到宾馆去看来北京参加中国作协《你在高原》作品研讨会的作家张炜时，他说的一句话让我至今记忆深刻。他说，这些年自己做了三件自己认为重要的事情：一是写了《你在高原》，二是在现实中建了一座精神家园——万松浦书院，三是发表了《精神的背景》谈话稿。我对前两者表示赞同时，在第三者里往下接了一句：是的，20世纪90年代是你和张承志、王蒙等中国知识分子共同掀起人文精神大讨论的思想浪潮，而到了21世纪的《精神的背景》，偌大的精神战场上几乎只剩下几个人奋战了，精神世界几乎已经在这个物质主义时代集体噤声了。而他说的另一句话，则让人感到一种疼痛：当我问他对于《你在高原》在网上引起的争论甚至有些恶意的言论的看法时，他好像是在谈别人的事情一样："《你在高原》能够出来我就满足了，而当初写作时唯一的念头就是把它写出来，哪还有心去关心那些，别人怎么说都可以。"

正如第九届"华语文学传媒大奖"杰出作家授奖辞所说："张炜的罪感、洞察力和承担精神，源于他忧国忧民的士人情怀，也见之于他对现实的批判、对个体的自省。如何在虚构中持守真诚，在废墟与荒原上应用信念，在消费主义的潮流里展示多变的文体，这已成了一个写作的悖论，正如张炜出版于 2010 年度的多卷本长篇小说《你在高原》所说，在豪情与壮丽下面，藏着的其实是难以掩饰的孤寂。"张炜在获奖感言里说："不满意也得做下去啊，因为我就像那个不幸的阿雅一样，似乎也有过一个承诺。"这就是张炜及其作品《你在高原》的意义。

这里，还是要顺便提一下我曾亲眼见过的另一位在人们看来名声很大的诗人。那是一次国际性的诗歌活动。在活动结束后的晚间，我们一起唱着歌坐车回住地，接我们的司机因迟了几分钟便遭到那位大诗人高声而傲慢的训斥，加之在那次活动中他表现出的对于各种名利的超级敏感和先天般的超人攫取能力，从那之后，我对那位诗人此前在文字里积聚的所有好感都烟消云散了，甚至对中国诗人本身的敬重也变得有些淡薄了。因为，我不知道一个既撑不起时代，又撑不起自我的诗人到底该属于哪种动物。我无法在大脑里描述出它的样子。

因此，这个时代和这个国家更需要像张炜这样为时代加分的作家，而非一个为时代减分的名利之徒。

逝去的故乡桃花

# 河流为何死在沙漠（代后记）

一条河流在沙漠里消失了是一件令人痛心的事件，也是一件没有办法的事情，如同我的文学写作消失在满街的钱币面孔里一样。为了生存，为了摆脱因文学梦而过度透支生活的现实窘境，我只好到一个更加险恶的环境，选择一种精神的自我放逐。我的文学死了或暂时死了，而我却在自己已经死亡的文学面前成了一个"幸存者"。幸存者本来是一个多少有些乐观和幸运的词语，但在这里却有一些生不如死的遗憾和尴尬在里面。这让我觉得有点儿像活见鬼，总觉得活着但是活错了，仿佛生命一转弯，进入了一个迥然不同的巷道和面目全非的空间，因为很重要的一部分活着的意义失去了。每天活着却好像要不停地穿越在死亡的空间越经跨纬，每天体会死亡怎样穿过物理和精神的自己。我觉得自己时刻在体验一种被利刃切割与乱箭穿心的感觉，或者活在一种不停扑来的铺天盖地的耻辱里。这无论如何都是一种残酷，硬硬的、现实的而且不得不时刻面对的残酷。

几年前，我曾做过一个现在看来狂妄而自不量力的决定，试图使自己成为一个小地方唯一一个独立的文学个体——也就是说靠文学能够有尊严地活下去，活得哪怕能够像个人样，而且我并不奢求像此前一些靠码字飞黄腾达的人一样的物质生活。这大概

· 174 ·

是个靠文学而独立的梦想，现在这个梦想落空了，一觉醒来很残酷。尽管此前想象过会发生的残酷，但发现回到现实比梦里的想象更残酷百倍。梦只是暂时的失落，而现实梦想的破灭则不只以时光为代价，而且还要时时面对它，没有任何逃避的余地。转眼间物是人非，人似乎还是梦中的人，但的确有一种"沉舟侧畔千帆过，病树前头万木春"的人世苍凉感。当周围的一切都已发生改变，只有你一个人没有改变时，你会发觉这个世界的荒诞和自己的荒诞。原来，世界是以另一种方式存在的，一种为你所无法想象的方式存在，而且有朝一日，它们会像一座山一样横亘在你面前，你想不看到它们都不可能。无法逃避，无法逾越，一种更加无法视而不见的存在。你会变得没有逻辑感、失去想象力——当世界以超出一个人想象力的方式运行时，对他来说，这个世界是可怕的。我变得像一个可怜的无助者，而在精神求助的过程中，我遇到了世界的另一副面孔，而这种面孔恰恰是这个世界的真实。但这个世界并不因一个人的无助而生出半点第二种可能性，如同庄稼没有第二种可能性一样，它会以自己的方式横亘在你面前，好像凭空而降的无中生有一样，"现实"就这样空降到你的面前。其间，经历的众叛亲离、遭尽一切可能与自己发生关系的白眼和贫穷则父母不子，使我知道此世的脆弱和血缘关系的世俗性——维系我和这个世界关系的最后一个线索也断了。我看到的最多的是，人们一边称颂着文学或精神的纯粹，却一边避之如洪水猛兽而唯恐不及，这有点儿像在危险的狩猎场所，众声喧哗，只为把可怜的猎物逼进预设的陷阱。我在想，文学对于这个意识形态主义和物质主义双重表达的时代何尝不是一个天大的陷阱，大概只有愚蠢如我者才会如此不自量力、不计血本地撞上这样一件倒霉差事。而此前，我所见到的文学在书本上和现实中的诸多光彩，不是不存在就是虚假，如果细究起来会发现这些大都与文学无关。我的一位朋友曾委婉地提示我：这个时代劝人从事文学是一种不负责任。我感念他的美意，因为那是在我一提起文学就热血沸腾的时段，他想告诉我的大致是不想看到一个最没有文学可能性的个体去因几乎无来由的热情像一个无辜者一样受罪。他觉得我应该离文学远远的，在生活中做一个正常人也许更适合一些，可惜体会到朋友话语里所蕴含的深意时，时光的列车已经飞速驰过一个又一个独自而平常的暗夜。

当初觉得，这样做的意义应该是一个人最大的意义——从某种意义上以一己之力改变一个地方的属性，也许显得自不量力，但这样做既是一种幸运，也不枉活一生，而且这样想现在看来是一个再小不过的小愿望，但在这里却成了一件天大的难事。当初这样想，是因为在我狭小的视野范围内，没有看到一个能够在这个地方因文学或精神而取得独立人格的人。他们在不同的时代，不得不依附于某种势力，显得卑琐和耻辱。在他们身后，留下一道卑污的脚印，而其后则是一种人性丑恶或穷凶极恶的背景。这种精神生活的底色把一种基本人性吞没了，几乎没有人能够从里面出来，也几乎没有人愿意出来——为什么要出来，在里面不是同样可以不亦乐乎、不同样可以觉得其中蕴含着几乎所有的生命智慧和真理——生命原来可以如此被耗掉的。在这一过程中，人们争先恐后地玩一种被耗掉的游戏——原来游戏也可以这样玩，原来生命可以像垃圾一样被倒掉。

我试过了，试了20年，才知道那是不可能的。物质世界的运动可以一日千里、瞬息万变，但精神的前进却只能以毫米或者微米记，多少世纪过去了，你会发现时间在它自己的轮子上空转甚至倒退——这是一个怎样残酷的词语，何况还有那些以仇视精神的方式掩盖精神虚弱和野蛮的暧昧面孔。那些试图发出的异样声音，转瞬便会被覆盖、吞没，似乎从来没有在这个世界上存在过，像在人间被活活蒸发了一样。或者只见时光年轮辗碎的血肉和灵魂，也像远古的烟雾一样消失了。一个连空气都充斥着贫乏和污染的地方，除了精神腐朽的味道之外，几乎没有别的东西能够改变它的空气属性，我现在知道是怎样的一种不可能——当试图改变它时，它首先会把一切改变者吞噬掉——像一切拒绝成长的人一样，对于任何使其成长的因素都会极度仇视，它会迅速而本能地把它同化或者消灭，直到它以为没有任何危险为止。我现在明白了什么叫作讳疾忌医和盗贼恨恶月光。它像一个永动装置一样，对一切指向改变的元素预警，它自己唯一感兴趣的便是躺在往日臭气熏天的水沟里，而安于这种没有任何危险系数的安逸——几乎没有任何力量可以使其转动哪怕一毫米，这的确有点儿像奥威尔所说的那座几百年没有打扫过的牲畜圈。

我试过之后知道世界的真相，这是一种幸运，而并不像人们所说的那样，自己最终竟然成了一个表面上看上去为文学所伤害的人，一个可怜潦倒的人——那是别人眼中的我。但至少我还清醒，知道到底是什么在伤害这个世界和这个世界真正需要什么。这种清醒来自20年遭尽白眼的经历，它不只来自那些与我无关的人和一个近乎虚无的空间，还来自那些以各种名义爱我的人，他们组成了一个对于精神虐杀的生力军，是一些极难割舍又极难原谅的人，尽管他们不具备知晓自我属性及在这个世界上的位置的能力，但我又不能不时刻对他们感恩——他们总是从反方向上以各自的方式帮助我，让我在这里对这些人献上感恩。我知道这是一种宿命，这是一种来自上天的怜悯。毕竟，人们往往容易被与自己距离最近的人所伤，因为他们有着先天的优势，或者可以说，他们或许生来就是要与你作对的。也许这就是所谓的苦难的意义。远处是一些模糊的背景，我不想使用一个我一向不习惯使用的词：敌人。因为我们时刻要面临一个悖论：敌人也是亲人，而且这也是一个被影视或文学表现滥了的主题，可惜人们的思维似乎并不为其所动，依然非此即彼，依然敌人一天天矮下去、我们一天天站起来。因而，我宁愿相信我是自己的敌人而不愿指向那些和我有关或者无关的人们。他们在世间的迷雾中早已失去方向——所谓不明真相的群众，你又能勉强他们什么？因此，我宁愿把这当成一种宿命——我试过了，不可能，至少没有遗憾，或许因为我不够努力，我宁愿这样认为，或许因为我天生无用……

当无法预知这种宿命会显出何种结果，我不知道自己是否因为世事艰难从此将要放弃一度使我陷入困境时的梦想时，另一个事件又一次重重地打击到我。我在这个地方一直试图坚持一种人之所以为人的基本底线，也因此陷入一种让人感到不可思议的形象时——人们一定早已把我视为"怪物"，一件小事或者一件生活所无法绕过的事件，去年冬天我无法再坚持下去，昨天因为生计又一个底线被突破，我成了一个完全放弃底线和自尊的人——在一个秋日的清晨，向来不早起的我，让舅舅带着到水果市场买了两箱水果，敲了很久才敲开一个副科级干部家的门之后，在他家里放下一张面值 500 元的购物卡——我感到了那天早晨露水所带来的湿潮的耻辱。像卑微和尘土一样，去体验那种放弃的痛苦，我知道自己已降到世界之下。梦想坚持 20 年，一无所获，没有关系，但在一个地方不能坚持底线而选择苟且偷生，这是一种难以令人接受却又不得不接受的现实——我要做一件一切都符合尊严的事情，因为没有按照现有的潜规则去做整整被耽误了 5 年以上，最后不得不选择妥协，而且还要付出比原来多几倍的代价，这就是这个世界的逻辑。我曾经痛恨过高压社会的草菅人命时代，但对一个以经济为借口使一个社会极端到连基本廉耻和道德底线都不顾的时代，我几乎无言了。我能够忍受文学带来的后果，但我的确难以忍受现实随时到来的耻辱。我能够预料到这种疯狂所带来的毁灭性悲剧结局，但如果我这样说，几乎所有人都会说我已经疯了，所有人都会不以为然，甚至欲先除之而后快，这就是我们，这就是我们所处的时代。的确，有朋友当面对我说过，只怪你自己没有把事情处理好，不然事情怎么会变得如此糟糕，在他们眼里我成了一个彻底失败而毫无尊严的人。

我虽然可能没有尽力，或者没有足够的智慧，但这样的尝试让我熟悉了世界的真正面孔及其呼吸。一个极端疯狂的、需要人们付出代价的时代，封锁几乎所有的精神可能性，不停地吞噬着人性，使社会愈加疯狂起来——而令我最为难受的是我不得不接受我无法接受的现实——尽管我一再说是一种宿命，但它的确是一种我所不情愿的宿命，将生命的轨道强行搬到另一方向，世界因而呈现另一副狰狞的面孔——它竟然取消了一切可能性，让我生活在一个强制的有限世界里。不过，对我来说，世界已没有多少遗憾——一条河在沙漠里消失了，对于这个世界来说又能有多少遗憾呢？这是我们已经习惯到血液和骨子里的世界观和方法论。

但有一点必须说明的是，这些文字有一部分类似半成品，因为和现实与自我的"肉搏战"殃及文字的品质，使其只具有生活标本的意义。这是压在心头的一块沉重伤疤，除自我原因外，我没有把它们打磨光洁的余地，这是一些应该受到质疑的文字。另一部分文字则出自我作为一个世俗写作者虚伪的人性，由于屈服于内心的伪善，在面对文字时，写作呈现出一种变形或畸形的人性状态，这是最让我不安和内疚的一部分，它们让我像一个光天化日之下的说谎者一样，几乎无地自容。在这里，我充分体会到一个说谎者被揪出来示众的滋味，而一个人的文字是一种把一个人永久示众的"罪证"。我更担心的是，如果它们进一步欺骗到看到它们的眼睛的话，对我来说，这种负罪感会成倍地增加，所以我祈求所有看到它们的眼睛都能够一眼洞穿其煞有介事或拉大旗作虎皮的虚假伎俩，也许那样我的内心才会平安一些。因为这两种文字的属性，我甚至没有勇气请求原谅或宽恕。那样会让我更看清自己一副流氓地痞似的无赖嘴脸。

2010 年 7 月 21 日